우리의 밤이 시작되는 곳

제18회 세계문학상 수상작

우리의
밤이
시작되는
곳

고요한
장편소설

나무옆의자

차례

우리의 밤이 시작되는 곳 7

1

임종체험센터에서 돌아오자마자 나는 오렌지를 들고 장례식장 아르바이트를 나갔다.

202호에는 어제까지 있던 노인 사진이 치워지고 젊은 여자의 영정 사진이 놓여 있었다. 잠시 고개를 숙여 고인의 명복을 빈 뒤 접객실 한쪽의 주방에 들어가 팀장이 주문한 음식을 체크했다. 음식 신선도까지 체크하고 났을 때 울긋불긋한 치마를 입은 팀장이 들어왔다. 요사이 팀장은 살이 쪄 입던 옷이 맞지 않는다며 날마다 새 옷을 입고 왔다. 상조회사 유니폼이 든 종이 가방을 들고 팀장이 화장실로 간 사이 마리가 왔다.

나는 마리에게 오렌지를 주고 상을 세팅하기 시작했다. 상

한가운데에 소주와 생수를 하나씩 놓은 뒤 술을 마시지 않는 조문객을 위해 음료수도 갖춰놓았다. 그때 상주가 서대문화원 사장인 김 씨 아저씨를 데리고 들어왔다. 옷을 갈아입고 온 팀장이 상주에게 조문객이 얼마나 올지 물었다. 상주는 팀장의 말을 듣는 둥 마는 둥 김 씨 아저씨를 붙잡고는 빈소 제단을 국화로 꾸며달라고 했다.

잠시 후 김 씨 아저씨가 신문지에 싼 국화 다발을 양손에 들고 와 오아시스 스펀지에 하나씩 꽂았다. 가위로 밑동을 자를 때마다 국화 냄새가 났다. 20여 분 만에 빈소를 장식한 김 씨 아저씨는 종이 박스에 담긴 편육을 하나 집어 먹고는 밖으로 나갔다. 연이어 근조 화환이 들어와 부의함 앞까지 놓였다.

다섯 시가 넘자 10여 명의 여자들이 우르르 몰려왔다. 여자들은 부의함에 봉투를 넣은 후 빈소에서 절을 하고 나와 상 앞에 둘러앉았다. 마리가 담아놓은 반찬을 나르는데 야구 모자에 허벅지 부분이 찢어진 청바지를 입은 남자가 들어왔다.

─누군데 저런 옷차림으로 빈소에 올까?

나는 쟁반을 내려놓고 주방 배식대에 기댄 채 마리를 향해 턱짓으로 남자를 가리켰다.

─애인이야.

—애인?

—난 척 보면 알아. 눈빛이 다르잖아.

고인에게 절을 한 남자는 조문객이 대기하고 있는데도 영정 사진 앞에서 일어나지 않았다. 평상시 보는 조문객과 달리 눈빛에 슬픔이 가득 들어 있었다. 그렇다고 가족이나 친척 같지는 않았다. 정말 죽은 여자의 애인일까. 상주가 다가가 눈치를 주고 나서야 남자는 자리에서 일어나 빈소를 나갔다. 얼마 안 있어 20여 명의 여자들이 줄지어 들어왔다.

—오늘따라 왜 이리 사람이 한꺼번에 와. 짜증 나.

급하게 상을 세팅한 후 마리에게 미리 육개장을 퍼놓으라고 당부했다. 여자들이 빈소에서 나와 상에 앉자마자 식사 여부도 묻지 않고 밥과 육개장을 날랐다. 빈소에서 대표로 절을 한 여자가 육개장은 질린다며 얼굴을 찡그렸다. 여자는 육개장엔 손도 대지 않고 편육만 젓갈에 찍어 먹었다. 가장 먼저 편육이 동날 것 같아 접시에 담아놓은 걸 하나씩 덜어 한 접시를 더 만들었다. 이런 방법으로 세 접시를 만들고 있는데 또 찢어진 청바지를 입은 남자가 들어왔다. 뉴욕 양키스 야구 모자에 가려 얼굴의 반은 보이지 않았다.

—저건 또 누굴까.

나는 턱짓으로 방금 들어온 남자를 가리켰다.

―저 사람도 애인이네.

　마리는 확신에 찬 어조로 말했다. 순간 엄마와 이혼한 아버지가 떠올랐다. 엄마가 죽는다면 아버지도 저 남자처럼 야구 모자를 눌러쓰고 조문을 올 것 같았다. 아버지의 영원한 애인은 엄마일 테니까.

　남자는 멍하니 영정 사진을 바라보다 죽은 여자의 얼굴을 만지려는 듯 손을 뻗었다. 그때 대여섯 살짜리 아이가 영정 사진 앞으로 달려가며 엄마, 하고 부르다 남자를 보고는 멈칫했다. 남자는 뻗은 손을 거둬 아이를 끌어안고 볼을 비볐다. 아이는 남자의 품에서 벗어나려고 버둥거리다 울음을 터뜨렸다.

　상주가 남자에게 달려들어 아이를 빼앗고 빈소를 장식한 국화를 뽑아 패대기쳤다. 놀란 남자는 상주의 품에 안긴 아이를 한번 돌아보고는 서둘러 빈소를 나갔다. 편육을 먹던 여자가 남자를 보더니 어머, 어머, 하며 탄성을 질렀다. 여기가 어디라고 와? 저 남자가. 미치지 않고서야 어떻게 여길 와. 맞은편 여자가 새끼손가락을 들어 보이며 이거 맞지, 하고 물었다. 여자는 고개를 끄덕였다. 망측하게 이게 뭔 일이래. 보라가 그런 여자였다니…… 난 그렇게 안 봤는데. 보라는 죽은 여자의 이름이었다. 근데 애인이 하나가 아니야. 하나가 아니면? 여자들의 머리가 일제히 상 한가운데로 모였다. 땅콩을 까먹으며 여자들은 방금 나간 남자와 죽은 여자의 애인들에 대해 쩧고 까불었다.

상주의 통곡과 아이의 울음소리로 여자들의 이야기는 들리지 않았다. 이내 여자들은 상주 눈치를 보다 남은 땅콩을 한두 개씩 집어 들고 슬금슬금 일어나 나갔다. 팀장이 부러진 국화를 다시 꽂아놓고 상주를 위로하는 사이 나는 빗자루로 떨어진 꽃잎을 쓸어 담고 상을 치웠다. 새들이 음식을 쪼아 먹고 간 것처럼 상 위에는 땅콩 껍질과 귤껍질이 여기저기 널려 있었다.

이후로는 상주의 직장 동료들이 자정 넘어까지 서너 명씩 끊이지 않고 왔다. 나는 주방 옆 창가로 다가가 벚나무를 바라보았다. 벚나무 가지 위로 하얀 뱀이 고개를 내밀었다. 하얀 뱀은 나뭇가지를 타고 다니며 꽃잎을 따 먹었다. 팀장이 조문객에게 소주를 갖다 주라며 나를 불렀지만 하얀 뱀에게서 눈을 뗄 수 없었다.

—왜 이리 멍 때리고 있어? 뭘 보는 거야?

나 대신 소주를 서빙하고 온 마리가 물었다.

—하얀 뱀.

—하얀 뱀?

―저 나무 꼭대기에 있잖아.

나는 창밖의 벚나무를 가리켰다.

―아무것도 없는데? 히로시밖에.

벚나무 아래 벤치에 빨간색 양복을 입은 히로시가 앉아 있었다. 집으로 들어가는 길에 벚꽃 구경을 하는 모양이었다. 우리 집에 세 들어 사는 히로시는 키가 작고 호리호리했다. 올해 마흔아홉 살인 히로시는 동대문 인근 건물 지하의 작은 공장을 세 얻어 미싱 두 대를 놓고 옷을 만들었는데 손재주 덕에 판매가 꾸준했다. 이에 힘입어 빅 사이즈까지 만들었지만 경기가 침체되면서 옷은 팔리지 않았다. 나는 신발을 꿰고 히로시에게 갔다.

―'아죽사' 모임에 다녀오는 거야?

―공장에서 일했어.

―이 시간까지?

―주문받은 옷 만들었어. 요즘 옷 만드느라 벚꽃 못 봤어. 그래서 지금 여기 앉아 꽃 보고 있지. 내년에도 벚꽃을 볼 수 있을까?

나는 고개를 젖히고 나무 꼭대기를 바라보았다. 하얀 뱀은 여전히 나뭇가지를 기어 다니며 꽃잎을 따 먹고 있었다. 입속으로 들어가지 못한 꽃잎이 히로시의 머리 위로 떨어졌다. 하얀 뱀은 두렵고 징그러웠지만 만져보고 싶다는 생각이 들기도 했다. 하지만 하얀 뱀은 벚나무 위를 기어 다닐 뿐 가까이 오지 않고 언제나 나와 일정한 간격을 유지했다. 나는 히로시의 머리 위에 떨어진 꽃잎을 손가락으로 튕겼다.

─라이넨니모 사쿠라오 미레루토 오모우요. 고코니와 이츠모 시가츠가 쿠레바, 사쿠라가 사쿠카라.

내년에도 벚꽃을 볼 수 있을 거야. 이곳엔 늘 4월이 오면 벚꽃이 피니까. 내가 일본어로 말해주자 히로시는 고개를 끄덕이고 들어가 일하라며 등을 떠밀었다. 히로시가 건너편 골목으로 올라가는 걸 보고 202호로 갔다. 빈소로 들어가자 육개장 냄새와 향 냄새가 났다. 팀장과 마리가 분리해서 담아놓은 쓰레기봉투를 양손에 두 개씩 들어 밖에 내놓았다. 음식물 쓰레기는 다섯 봉지 나왔고 재활용 쓰레기는 일곱 봉지나 됐다. 하루에 다녀간 조문객이 백 명이 넘었다.

새벽 두 시에 상조회사 이름이 박힌 유니폼 조끼를 입은 채 마리와 장례식장을 나왔다. 상조회사 이름이 보이지 않도록 재킷을 입으려다 귀찮아 허리에 둘러맸다. 한밤중이라 누구도 조끼 뒷면에 대문짝만하게 새겨진 '천국상조'란 글자를 눈여겨보지 않았다.

나와 마리는 장례식장 도우미 일을 했는데 한 번 나가면 보통 이틀을 이어 했다. 죽은 날부터 그다음 날까지. 발인 날에는 도우미가 필요 없었다. 장례식장 일은 때를 가리지 않았다. 사람은 시도 때도 없이 죽었다. 꽃이 피는 밤에도 죽었고 꽃이 지는 밤에도 죽었다. 달이 뜬 밤에도 죽었고 달이 뜨지 않은 밤에도 죽었다. 그래서 아무 때고 장례식장에 불려 나갔다. 비가 올 때도 불려 나갔고 눈이 올 때도 불려 나갔고 태풍이 올 때도 불려 나갔다. 반려견이 죽은 날에도 죽은 반려견을 상자에 담아 마당 한쪽에 내놓은 채 장례식장에 나갔다.

일하는 시간도 대중없었다. 팀장의 전화를 받고 나가면 기본적으로 열두 시까지 일을 했다. 조문객이 많을 때는 새벽 두 시까지 했다. 고인이 사회적으로 유명한 인물인 경우에는 꼬박 밤을 새우기도 했다.

—오늘도 맥도날드야?

마리에게 물었다.

—알바비 받은 걸로 택시 타고 갈 순 없잖아. 지금이 두 시니까 세 시간만 참으면 돼. 그때 동인천으로 가는 첫 전철이 오니까.

—햄버거 땡긴다.

나는 장례식장 건너편의 집으로 올라가지 않고 아래쪽으

로 내려갔다. 서대문화원 앞에서 걸음을 멈추고 불이 꺼진 실내를 바라보았다. 하얀 국화가 통유리창 너머를 가득 채우고 있었다. 국화들 사이로 노랗게 꽃을 피운 극락조화 한 송이가 보였다. 장례식장 앞에 있는 화원이라 이곳의 꽃은 국화가 대부분이었다. 국화 향기가 통유리창 밖으로 새어 나와 숨을 들이마셨다. 빈소에서 맡는 국화 냄새와 달리 향기가 신선했다. 마리와 국화 향기를 흠뻑 맡고 황금부동산을 지나 사거리 횡단보도까지 내려갔다.

—난 아버지가 해준 음식 다음으로 햄버거가 맛있어. 맥도날드는 어릴 적부터 다닌 곳이거든.

마리가 진짜, 하며 웃었다.

—그럼 진짜지.

—나 때문에 일부러 시간 때워줄 필요 없는데.

횡단보도 신호가 바뀌어 내가 앞장서서 걷자 마리는 신발로 툭툭 바닥을 치며 따라왔다. 나는 맥도날드 문을 밀고 들어갔다. 주문대를 지키던 아르바이트생이 우리를 보고 우렁찬 목소리로 맥도날드에 오신 걸 환영합니다, 하고 말했다.

콜라를 한 잔만 산 뒤 창가 자리에 앉았다. 정면으로 장례식장이 보였다. 불이 켜진 곳은 죽은 사람이 있는 빈소였다. 2층은 내가 일한 202호에 불이 켜져 있었고 1층은 101호와

103호가 불이 켜져 있었다. 상복을 입은 유족들이 왔다 갔다 하는 게 창으로 보였다. 저녁으로 육개장을 두 그릇 먹었는데도 배가 고팠다. 장례식장 음식은 아무리 많이 먹어도 배가 부르지 않았다.

콜라에 빨대 두 개를 꽂아 먼저 마리에게 건넸다. 마리는 빨간색 빨대로 콜라를 마시고는 내 쪽으로 밀어주었다. 나는 파란색 빨대로 콜라를 마시며 장례식장에서 마리를 처음 본 날을 떠올렸다. 그날 마리는 30분 늦게 왔다. 아르바이트할 곳이 장례식장밖에 없냐며 마리 엄마가 못 나가게 하는 바람에 도망쳐 나온 것이다. 죽은 자들이 누워 있는 곳에서 일을 하고 싶냐는 게 말리는 이유였다. 그날 마리는 일하는 빈소를 잘못 찾아 시신을 염하는 곳으로 들어갔었다.

—벚꽃이 피는 장례식장은 처음 봤어. 하얗게 핀 벚꽃을 보고 있으니까 내가 죽어서 저세상을 걸어 다니는 것 같아.

마리가 말했다.

—나도 일 끝나고 집에 들어갈 때마다 그런 생각 하는데. 그래서 한번은 벚나무 꼭대기에 올라갔어. 벚나무 꼭대기에 핀 벚꽃을 밟고 끝까지 걸어가면 천국이 나올 것 같아서. 근데 천국은 보이지 않았어.

내가 어릴 적부터 있던 장례식장은 지하 1층과 지상 2층으로 이뤄져 있었다. 지하에는 시체 안치실이 있었고 지상은 빈소였다. 1층에는 크기가 작은 빈소가 일곱 개, 2층에는 조금 큰 빈소가 네 개 있었다. 그중 하나는 한꺼번에 백 명을 수용할 정도로 컸다. 장례식장 건물을 빙 둘러 매년 벚꽃이 활짝 피었는데 나뭇가지가 건물 2층 높이까지 뻗어 있었다. 벚꽃 때문에 이곳을 지나는 사람들은 이 건물을 도서관이나 주민센터로 아는 경우가 많았다. 검은 옷을 입은 사람들이 들락거리는 걸 보고서야 장례식장인 줄 알았다.

　―넌 어떻게 이 일을 하게 됐어?

마리가 물었다.

　―알바 자리가 없어 여기까지 왔어.

대학 졸업 후 나는 1년 넘게 취업 재수를 하다 아르바이트를 시작했다. 카페 아르바이트에서부터 백화점 일일 판매도 했고 식당에서 서빙도 했다. 분식집에서 하루 종일 김밥을 말기도 했다. 그때 얼마나 많은 김밥을 말았던지 종이만 보면 둘둘 마는 버릇이 생겼다. 분식집에서 김밥을 만 개 정도 만 후 그만두고 결혼식장에서 주차 안내 도우미 일을 시작했다. 그곳에서 3개월간 일했는데 건물이 들어서는 바람에 더는 못하고 장례식장으로 밀려났다. 이 일은 시간대가 일정치 않고 밤늦게까지 일했기 때문에 다른 아르바이트보다 보수가 사

오천 원 많았지만 두 배는 더 피로했다. 마리는 이번 아르바이트가 스물다섯 번째라고 했다. 대학 졸업 후 마리는 공무원 시험을 준비하면서 이 일을 한 것이다.

—매일 오렌지는 어디서 사 오는 거야?

어깨에 멘 가방에서 마리가 오렌지를 꺼내며 물었다.

—집에서.

아버지는 매일 아침 오토바이를 타고 영천시장에 가서 과일을 사 왔다. 오렌지, 사과, 배, 포도, 귤, 바나나, 수박, 참외. 아버지가 과일을 사 올 때마다 나는 하나씩 들고 나와 마리에게 주었다. 어느 땐 오렌지를 주었고 어느 땐 사과를 주었다. 바나나를 갖다 줄 때도 있었다.

—아버지는 과일을 좋아해서 일일 일과 해.

나는 마리가 쪼개 준 오렌지를 입에 넣었다.

—일일 일과?

—하루 한 끼는 과일을 먹는다고. 채식주의자가 아니고 과일주의자야.

장례식장이 어둠에 덮여갈수록 벚꽃은 하얗게 빛났다. 이 시간에 빈소를 찾아오는 사람은 없었다. 접객실에서 술을 마시고 취한 사람들이 이따금씩 다른 사람의 어깨에 의지해 택시를 탔다. 가끔은 상주들이 부조금을 나누다 싸웠지만 그런 날은 많지 않았다. 나는 졸음을 쫓기 위해 컵에 든 얼음을 손가락으로 집어 입에 넣었다. 졸음이 달아나지 않아 마리에게 밖으로 나가자고 했다.

—다음 맥도날드가 나올 때까지 걸어가자.

마리가 나를 쳐다보았다.

—집에 안 들어가?

—이 시간이면 아버지도 자.

지금쯤 아버지는 나를 기다리며 식탁 앞에 앉아 아죽사 모임에 나가 토론할 책을 읽고 있을 것이다. 아니면 새로 산 요리책을 보며 내일 아침에 무슨 반찬을 할까 궁리할지도. 오토바이를 타고 과일을 사러 영천시장으로 갈까, 영등포 청과시장으로 갈까 고심할 수도 있었다.

나는 아버지에게 늦는다는 카톡을 보낸 후 맥도날드를 나와 광화문 방향으로 내려갔다. 피어선빌딩과 시티은행을 지나자 건물과 건물 사이로 거인처럼 우뚝 선 '해머링 맨'이 보였다.

빌딩을 지키는 파수꾼처럼 서 있는 해머링 맨은 조나단 보로프스키가 만든 망치질하는 남자였다. 높이 22미터에 무게가 50톤이나 나가는 거대한 남자. 세상에서 몸무게가 가장 많이 나가는 남자는 고개를 살짝 숙인 채 망치를 들고 있었다. 낮에는 한시도 쉬지 않고 망치질을 했겠지만 지금은 밤이라 일을 하지 않고 멈춰 있었다. 해머링 맨의 발이 얼마나 큰지 두 팔을 뻗어도 닿지 않았다.

—이 남자는 35초에 한 번씩 망치질을 한대.

나는 해머링 맨의 발을 쓰다듬으며 말했다.

—피곤하겠다.

—운명이겠지. 하루 종일 일을 해야 할 운명.

—이 남자는 무얼 만들려고 하루 종일 망치질을 하는 걸까.

—우리가 쓸 물건을 만들겠지. 휴대폰도 만들고 노트북도 만들고 자동차도 만들고…….

—저 망치는 도깨비방망이네.

—이 해머링 맨은 프랑크푸르트에도 있어. 베를린에도 있고. 바젤과 시애틀에도 있어. 그중 이 해머링 맨이 가장 크대.

—똑같은 해머링 맨이 세계 곳곳에 있다니 신기하네. 나중에 정규직 되면 휴가 때마다 한 곳씩 보러 가고 싶다. 그러려면 일단은 쉬지 않고 알바를 해야겠지.

불이 꺼진 빌딩을 따라 조금 더 내려갔을 때 택시가 빵, 소리를 내며 천천히 지나갔다. 손님을 찾아 거리를 돌아다니는 택시에 손을 저어 안 탄다는 신호를 보냈다. 그때 마리가 인도에 떨어진 하얀 면사포를 주워 들었다. 오른쪽 빌딩 1층의

웨딩숍 유리창으로 드레스를 입은 마네킹이 보였다. 웨딩숍에 온 누군가가 흘리고 간 모양이었다. 마리는 먼지를 털고 면사포를 쓴 채 걸었다. 얼마 못 가 바람에 면사포가 날아가 차도에 떨어졌다. 달려오는 택시가 면사포를 밟고 지나갔다. 검게 바퀴 자국이 찍힌 면사포를 주워주자 마리는 다시 머리에 썼다.

동화면세점까지 걸어갔을 때 광화문 네거리 건너편으로 맥도날드가 보였다. 어둠 속에서 맥도날드는 홀로 불을 밝히고 있었다. 투명한 유리로 만들어진 배처럼 맥도날드 안이 훤히 보였다.

―밤에 불을 밝힌 곳은 맥도날드밖에 없네.

나는 손으로 맥도날드를 가리켰다.

―마치 어둠 속에 떠 있는 배 같아. 우리를 기다리고 있는 배.

―그럼 저 맥도날드 배에 승선해볼까?

횡단보도에 녹색불이 켜졌을 때 우리는 맥도날드를 향해 뛰어갔다. 맥도날드 앞에 서자 불빛이 인도까지 쏟아져 나왔다. 인도에 서서 나는 실내를 바라보았다. 군데군데 앉아 있는 사람들은 꾸벅꾸벅 졸거나 휴대폰을 쥐고 무언가를 보고 있었다. 탁자에 엎어져 자는 사람도 있었고 신문을 펴서 보는 사람도 있었다. 혼자 구석 자리에서 햄버거를 먹는 사람도 보였다. 마리와 문을 열고 안으로 들어가 창가에 앉았다.

　—에드워드 호퍼의 그림 속에 들어온 것 같아.

　나는 어둠에 덮인 광화문과 실내를 번갈아 보며 말했다.

　—늦은 밤 술집 안에 한 부부와 등을 보이고 앉은 남자와 가게 주인이 있는 그림이야. 밖은 어둡고 적막한데 술집 안은 환해. 불이 켜진 술집으로 들어가고 싶을 정도로. 밤에 불이 켜진 맥도날드를 볼 때마다 난 호퍼 그림이 떠올라.

　마리는 휴대폰 검색창에 '에드워드 호퍼'를 치고 그의 그림을 찾아 내 앞에 내밀었다.

　—이 그림이야?

　—아니.

　—그럼 이 그림?

　—그것도 아냐.

　—그럼 이거지? 〈밤을 지새우는 사람들〉.

　—맞아.

　—난 이 그림을 보니까 그림 속 두 사람이 우리 같은데. 환한 맥도날드 안에 앉아 있는 우리.

　마리는 그림 설명을 더 읽어 내려가다 또 휴대폰을 들이밀었다.

　—이 그림 속에 앉아 있는 이 남자가 호퍼래. 옆에는 그의

아내 조세핀이고.

—난 우리 집 거실에 걸린 그림을 보면서도 그건 몰랐는데.

—여기 누가 써놓았잖아. 재밌는 건 여기 이 남자도 호퍼래.

—호퍼가 둘이라고?

—잘 보니까 옷차림도 비슷해. 하나는 정면이고 하나는 등을 보이지만 옷 색깔이 똑같잖아.

나는 마리의 휴대폰을 바짝 끌어당겨 보았다. 체격이며 옷 색깔이 똑같음에도 두 남자가 호퍼라는 게 믿기지 않았다.

—호퍼는 왜 자신을 두 사람으로 그려놓았을까.

—고독해서 그랬겠지. 너무 고독해서.

우리는 맥도날드를 나와 다시 횡단보도를 건너 동화면세점 앞에서 덕수궁 쪽으로 내려갔다. 지나가는 사람도 없었고 문을 연 가게나 카페도 보이지 않았다. 코리아나호텔을 지나자 덕수궁을 둘러싼 돌담이 보였다. 큰 건물이나 가게가 없어 돌담이 있는 쪽은 다른 곳에 비해 어두웠다. 가로등 불빛에 비친 플라타너스 그림자를 밟으며 돌담을 따라 걸어가는데 신발 바닥이 끈끈했다. 발을 들어 보니 신발 밑창에 껌이 들러붙어 있었다. 신발을 질질 바닥에 끌어 껌을 떼어 내고 조금 가자 덕수궁이 나왔다.

덕수궁 문은 잠겨 있었다. 마리와 문에 등을 기대고 서울광장을 바라보았다. 서울광장은 어둠에 덮여 있었다. 서너 개 불이 켜져 있는 더플라자호텔을 바라보다 나는 몸을 돌려 태극 문양이 그려진 문을 손바닥으로 때렸다.

—이리 오너라.

까르륵, 하고 마리가 웃었다.

—누가 나오면 어쩌려고?

—이 밤에 누가 나와.

나는 다시 손바닥으로 세게 문을 때렸다.

—이리 오너라. 대체 지금 뭘 하고 있는 게냐. 설마 깊은 잠에 빠진 것이냐. 아무리 한밤중이라도 주인이 오지 않았는데 어찌 자고 있느냐. 주인의 발자국 소리가 들리지 않더냐.

여전히 아무런 소리가 나지 않아 더욱 큰 소리로 이리 오너라, 하고 말했다.

—내가 이 궁의 주인이다. 밤새 일을 하고 이제 쉬러 왔는데 벌써 불을 끄고 자고 있으면 어이 하느냐. 밤이 길다. 밤이 너무 길어 피곤하구나. 서대문과 광화문을 걸어 여기까지 왔는데. 어서 들어가 내 방에서 다리를 쭉 뻗고 쉬고 싶구나. 그러니 당장 문을 열어라.

누구세요, 하고 문 안쪽에서 걸걸한 남자 목소리가 들렸다. 나는 숨소리를 죽이고 다리를 살짝 들어 뒤로 한 발 물러

났다. 발소리는 점점 더 가까워졌다. 다시 한 발을 들어 물러 났다가 더는 안 되겠다 싶어 죄송합니다, 정말 죄송합니다, 하며 마리와 걸어왔던 곳으로 뛰어갔다. 다리가 후들거려 몇 번이나 발을 헛짚었다.

―사람이 나올 줄은 예상 못 했어.

돌담 끝에서 나는 숨을 헉헉거리며 말했다.

―나도. 근데 누굴까?

―덕수궁을 관리하는 사람이겠지.

어느새 밖으로 나왔는지 한 사내가 덕수궁 앞을 왔다 갔다 하고 있었다. 그리 크지 않은 체구의 남자였다. 이리 오너라, 하고 마리가 소리를 질렀다. 얼른 마리의 손을 잡아끌고 돌담 에 등을 붙였다. 돌담 아래는 가로등 불빛이 들어오지 않아 어두웠다. 덕수궁 관리인이 안으로 들어가는 걸 보고서야 동 화면세점 방향으로 걸어갔다.

동화면세점 앞에서 우리는 어디로 가야 할지 몰라 주위를 둘러보았다. 불이 켜져 있는 곳은 조금 전 간 맥도날드밖에 없었다. 거리에는 간간이 지나가던 사람도 보이지 않았다. 시 간을 확인하니 아직 세 시도 되지 않았다.

우리는 횡단보도를 건너 불이 켜진 맥도날드로 다시 들어 갔다. 그사이 사람들은 아까보다 더 많아져 있었다. 거리를 떠돌던 사람들이 죄다 맥도날드에 들어온 것 같았다. 통유리 창가에 앉은 여자는 햄버거를 먹으며 휴대폰을 보고 있었고 그 뒤의 남자는 콜라 잔을 앞에 놓은 채 휴대폰으로 게임을 했다. 띄엄띄엄 혼자 앉은 사람들은 죄다 휴대폰을 들여다보고 있었다. 손가락만 움직이는 그들이 어쩐지 유령처럼 보였다.

우리는 가장 구석진 자리에 가서 앉았다. 그러나 몰려오는 졸음 때문에 얼마 있지 못하고 맥도날드를 나왔다. 종각 쪽으로 터덜터덜 걸어가는데 앞에서 다가오던 남자가 마리를 쳐다보았다.

—이상한가?

머리를 긁적이며 마리가 물었다.

—한밤중에 면사포를 쓰고 광화문을 돌아다니는 여자는 없을 테니까.

걸어가면서도 남자는 뒤를 돌아보았다. 마리가 내 등을 때렸다.

—네 등을 보고 더 놀란 것 같은데?

—등이 왜?

—네 등에 쓰인 천국상조. 네가 저승사자인 줄 알고 놀라 도망친 거야.

우리는 우체국 옆 스타벅스를 지나 커피빈까지 걸어갔다. 푸른 잎이 돋은 가로수 한쪽에 토사물이 둥그렇게 펴져 있었다. 서너 군데 토한 흔적에 얼굴을 찡그리고는 횡단보도를 건너 교보문고 쪽으로 걸었다. 커다란 느티나무 앞까지 가자 교보문고 출입구 쪽 벤치에 앉은 소설가 염상섭 동상이 보였다. 소설가는 깊은 밤에도 벤치에 앉아 생각에 잠겨 있었다. 마리의 손을 잡아끌고 계단을 올라가 동상 옆에 앉았다. 누군가 버린 콜라 캔이 발에 밟혔다. 발로 툭 차자 콜라 캔은 느티나무가 있는 쪽으로 굴러갔다.

—이곳을 지날 때마다 이 벤치에 앉고 싶었는데 쪽팔려서 못 했어.

염상섭 동상을 보며 마리가 말했다.

—지금 맘껏 누려. 아무도 보는 사람이 없으니까.

—밤이니까 이런 이점도 있네.

—그게 밤의 매력이지.

—오늘 밤 소설가는 외롭지 않겠다. 우리가 있으니까.

—이 소설가는 종로에서 태어났어. 원래 이 동상도 종묘광장에 있었는데 공사를 하면서 삼청공원으로 옮겼다가 이곳까지 왔지. 난 이 소설가의 「표본실의 청개구리」가 좋았어.

—나도 그랬는데.

나와 마리는 두 팔을 뻗어 소설가를 끌어안았다. 시간을 보니 새벽 세 시 삼십 분이었다. 또다시 밀려오는 졸음을 쫓으려고 도로를 달리는 택시를 바라보았다. 빨간 신호등을 무시하고 택시는 광화문 네거리를 질주해 서대문 쪽으로 올라갔다. 뒤이어 오토바이 세 대가 굉음을 내며 지나갔다. 내 머리 위를 밟고 질주하는 것처럼 소리가 컸다. 오토바이 소음이 사라지자 사방이 조용해졌다.

─이 시간이 가장 잠이 쏟아지는 시간이야. 새벽 한두 시까지는 참고 버티는데 세 시가 넘어가면 힘들어. 저절로 눈이 감겨. 졸음을 쫓으려고 맥도날드를 나와 거리를 걸어도 마찬가지야. 졸음을 참고 걷다 가로수에 부딪친 적도 있어.

마리가 하품을 하며 말했다.

─밤이 깊었습니다, 소설가님. 이제 좀 주무세요.

쏟아지는 잠 때문에 나는 엉덩이를 털고 일어나 소설가에게 작별 인사를 했다. 잠을 쫓으려면 계속 걸어 다니는 수밖에 없었다.

그나마 걷고 있으면 잠을 이길 수 있었다. 하지만 걸어가고 있는데도 졸음이 쏟아졌다. 눈을 감고 몇 발짝쯤 걷다 다리에 힘이 풀려 무릎이 꺾였다. 안 되겠다 싶어 광화문 네거리에서 녹색불이 켜졌을 때 마리의 손을 잡고 횡단보도를 뛰어갔다. 바람이 시원하게 불어 면사포가 펄럭였다. 경복궁 쪽에서 택시가 헤드라이트를 밝히며 달려오고 있었고 횡단보도에는 나와 마리밖에 없었다. 종이 쪼가리 하나가 바람을 타고 날아올랐다 떨어졌다.

우리는 도로 한가운데 멈춰 서서 경복궁을 바라보았다. 이순신 장군과 세종대왕 동상이 우뚝 서 있었다. 신호등이 깜빡거리며 빨간불로 바뀌었다. 빵, 빵, 소리를 내며 택시가 지나간 뒤 횡단보도를 뛰어 위쪽으로 올라갔다. 앞서간 마리가 빨리 오라는 손짓을 하고는 오른쪽 골목으로 들어갔다. 마리를 따라 세종문화회관 쪽으로 가는데 왼쪽 건물에서 노랫소리가 흘러나왔다. 고개를 들어 보니 건물 3층에 불이 켜져 있었다. '카페 예린'. 걸음을 멈추고 건물 벽에 기댄 채 노래를 들었다.

—누가 이 깊은 밤에 노래를 부를까. 올라가 볼까?

마리는 내 대답도 듣지 않고 성큼성큼 계단을 올라갔다. 막 3층에 도착했을 때 노래가 멈추고 카페 출입문이 열리면서 단발머리를 한 여자가 나왔다.

—영업 끝났는데요.

—노래가 좋아서 올라왔어요.

마리의 말에 여자는 희미하게 미소를 지었다.

―돌아가신 어머니가 생각나서 노래를 불렀어요. 그게 밖에까지 새어 나갔군요. 근데 두 사람은 이 시간에…….

―우리는 이제 일이 끝났어요.

―그럼 들어와서 차라도 한잔하고 가요. 피곤할 텐데.

―아닙니다. 말씀만으로도 고맙습니다.

마리와 나는 서둘러 계단을 내려가 새문안교회 쪽으로 뛰어갔다. 그곳에서 더 올라가자 서울의 발전사를 한눈에 볼 수 있는 역사박물관이 나왔다.

―저 전차가 동인천역까지 가면 좋겠다. 그러면 종각역까지 내려가지 않고 여기서 탈 텐데.

마리가 역사박물관 앞에 전시된 한 칸짜리 전차를 가리켰다. 전차 앞면에는 '서대문'이라고 쓰여 있었다. 서대문에서 청량리까지 운행된 전차였다. 전차는 1930년경부터 1968년까지 38년 동안 운행되다 버스와 자동차 운행에 방해가 된다는 지적에 역사 속으로 사라졌다. 마리와 전차 둘레를 한 바퀴 돌다 문을 슬쩍 밀었다. 삐거덕 소리를 내며 문이 열렸다. 반쯤 열린 문틈으로 몸을 밀어 넣었다. 뒤따라 마리도 들어왔다.

문을 닫자 밖에서 나는 소음은 들리지 않았다. 차 소리도 들리지 않았다. 창밖에서 아이를 등에 업은 채 손을 흔드는 엄마를 향해 나도 손을 흔들었다. 그 옆의 여자아이에게도 손을 흔들어주다 검은 양복을 입고 지나가는 남자와 눈이 마주쳤다. 남자는 환영이라도 본 듯 고개를 갸웃거리더니 전차 앞으로 다가왔다. 나는 쉿, 하고는 몸을 움직이지 않았다. 창문에 얼굴을 대고 안을 들여다보던 남자는 우리를 조형물로 알았는지 이내 장례식장 쪽으로 올라갔다.

어릴 적 나는 누나와 이곳에 자주 놀러 왔었다. 당시 이곳에는 전차는 없고 플라타너스 열일곱 그루가 있었다. 바람이 불면 누나는 땅바닥에 등을 대고 플라타너스 아래 누웠다. 그러면 덩달아 나도 누나 옆에 누웠다. 사사삭…… 사사삭……. 내 얼굴만 한 잎사귀들이 바람에 흔들리며 소리를 냈다. 그것은 마치 수많은 사람들이 손바닥을 서로 비비며 내는 소리 같았다. 잎사귀들 사이로 햇빛이 쏟아져 내리면 나는 눈을 감고 누나 손을 잡았다. 오랫동안 우리는 땅바닥에 누워 플라타너스 잎사귀가 바람에 부딪히는 소리를 들었다.

그런데 며칠 후 갔을 때 플라타너스는 베어지고 없었다. 떨어진 잎사귀들과 잘린 가지만 여기저기 버려져 있었다. 플라타너스가 베어진 자리를 맴돌다 우리는 땅바닥에 누웠다. 나무가 없어 햇빛이 얼굴로 내리쬐었다. 나도 누나처럼 손등으로 햇빛을 가렸다. 누나는 더는 잎사귀들 소리가 나지 않는다며 자리에서 일어나 장례식장으로 갔다.

벚나무 아래 벤치에 앉아 우리는 장례식장으로 들어가는 사람들의 수를 세면서 시간을 보냈다. 사람들의 수를 세고 있으면 시간이 빨리 갔다. 지나가는 택시를 세기도 했고 트럭을 세기도 했다. 장례식장 앞에서 놀다 따분해지면 우리 집보다 위쪽에 있는 '홍난파의 집'으로 갔다.

홍난파의 집은 갈 때마다 대문이 닫혀 있어 누나와 나는 담 아래서 놀았다. 상주가 보이지 않고 우는 사람들도 없어 적막했지만 그 적막함이 좋았다. 이따금씩 누나는 기침을 하면서 가슴을 어루만졌고 식은땀을 흘리기도 했다. 그럴 때면 누나는 담에 기대앉아 돌을 하나씩 집어 던졌다. 햇빛이 머리 위로 쏟아져 졸음이 몰려오는 오후였다. 내가 던진 돌이 건너편 지붕까지 날아가 굴러떨어졌다.

한참 돌을 던지고 있는데 누나가 재미없다면서 일어나다 쓰러졌다. 갑자기 왜 그러느냐고 했지만 누나는 일어나지 못했다. 겨우 일으켜 세웠을 때 누나의 얼굴은 창백하게 변해 있었다. 어디 아프냐고 묻자 누나는 아니라면서 엄마에게 이야기하지 말라고 했다. 누나는 다시 돌을 집어 던지며 홍난파의 집 안으로 들어가고 싶어 했다.

그러던 어느 날 누나는 버려진 벽돌을 들고 오더니 그것을 밟고 담을 넘어 안으로 들어갔다. 남의 집에 들어가면 어떡하냐고 소리치자 누나는 쉿, 하고 입에 검지손가락을 댄 뒤 마당을 걸어가 현관문을 잡아당겼다. 현관문도 잠겨 있었다. 누나는 현관 옆 창문을 밀어 올린 뒤 그 틈으로 상체를 들이밀었다. 올린 창문이 내려와 누나의 등을 눌렀다.

─오르간이 있어. 오르간 위에는 바이올린이 있고.

누나는 창문틀에 배를 걸친 채 방 안의 풍경을 말해주었다. 소파도 있어. 자주색 소파야. 꽃이 꽂힌 화병도 있고. 벽 한 귀퉁이엔 보면대와 악보도 있어. 나는 주변에 사람이 있나 확인하고 담을 넘어가 누나의 등이 낀 창문 틈으로 안을 들여다보았다. 오르간 위에 하얀 고양이가 정물처럼 앉아 있었다. 꿈쩍을 하지 않아 인형인가 했는데 고양이가 고개를 쭉 내밀어 하마터면 뒤로 넘어질 뻔했다.

다시 나는 까치발을 하고 창문 틈에 얼굴을 댔다. 고양이 옆으로 자주색 소파가 보였고, 소파 옆으로는 탁자가 있었는데 그 위에 모란이 꽂힌 화병이 있었다. 소파와 화병이 우리 집에 있는 것과 생김새가 달라 이색적이었다.

누나는 오르간을 치고 싶다며 창문을 위로 밀어 올렸다. 그러고는 내게 창문이 내려오지 못하도록 잡고 있으라고 했다. 내가 마당에 버려진 긴 막대를 가져다 창문을 고정시켰을 때

오르간 위에 있던 고양이가 뛰어 내려와 야옹, 하고 울었다. 누나는 손을 휘저어 고양이를 쫓고 다시 창문 안으로 상체를 들이밀었다. 그러나 창문틀에 배가 걸린 누나는 안으로 들어가지도 못했고 밖으로 나오지도 못했다. 그때 누군가가 누나를 번쩍 들어 올려 마당에 내려놓았다.

돌아보니 안경을 쓴 남자가 서 있었다. 남자는 우리가 장례식장 앞에서 노는 걸 자주 봤다며 집 안을 구경시켜주겠다고 했다. 누나는 고개를 젓고 남자가 열고 들어온 대문으로 뛰어나갔다. 나는 남자에게 고개를 꾸벅 숙인 뒤 누나를 따라갔다. 그 후 한동안 그 집에 가지 않았다.

—무슨 생각 하고 있어?

전차에서 나왔을 때 마리가 물었다.

—이 자리에 플라타너스가 있었는데 그 아래 누우면 잎사귀들이 사사삭거리는 소리가 들렸어.

물이 얕게 고인 바닥 분수대에 내 그림자가 비쳤다. 바람이 수면을 흔들고 지나가면서 그림자는 점점 커졌다. 발로 수면을 걷어차자 그림자는 깨지고 마리의 청바지에 물이 튀었다. 마리는 두 손으로 분수대의 물을 퍼 내게 뿌렸다.

물세례를 받지 않으려고 장례식장 쪽으로 뛰어갔지만 얼

마 못 가 마리에게 추월당했다. 강하게 부는 바람에 면사포가 공중으로 솟아올랐다. 저것 잡아, 하고 마리가 소리쳐 손을 뻗었지만 면사포는 도로 건너편으로 날아갔다. 빨간불이라 건너갈 수 없어 발을 동동 구르며 녹색불이 켜지길 기다렸다. 녹색불이 켜지자마자 뛰어갔으나 면사포는 건물 위로 날아가버렸다. 건물 꼭대기를 바라보다 맥도날드 문을 열고 들어갔다. 맥도날드에 오신 걸 환영합니다. 아까 본 아르바이트생이 큰 소리로 말했다. 주문도 하지 않고 창가에 나란히 앉았다.

—일 끝나고 시내를 돌아다니다 지치면 맥도날드에 들어갔어. 음식점도 문을 닫고 카페도 문을 닫아 갈 곳이 없었지. 밤새 불을 밝히고 있는 곳은 장례식장과 24시간 맥도날드밖에 없으니까.

그사이 장례식장 앞에는 검은 옷을 입은 사람들로 가득 차 있었다. 검은 양복을 입은 남자 여섯 명이 양쪽에서 관을 운구하고 나와 리무진 장의차 뒷문으로 밀어 넣었다. 벚꽃 잎이 하나둘 관 위에 떨어졌다.

장의차 뒷문이 닫히자 관을 운구한 남자들이 거수경례를 했다. 남자들은 장의차가 장례식장을 빠져나간 뒤에야 손을 내렸다. 주변에 있던 검은 옷을 입은 사람들이 하나둘 장례버

스에 올랐다. 장지가 지방일 경우에는 새벽 네다섯 시에 장의
차가 떠나고 유족을 태운 장례버스가 그 뒤를 따랐다. 장례버
스가 사방으로 뻗은 벚나무 가지를 쓸고 지나가자 우수수 꽃
잎이 떨어졌다. 나는 장의차를 향해 손을 흔들어주었다.

─장의차가 나갈 때마다 손을 흔드는 거야?

마리가 물었다.

─죽은 이가 천국에 갈 수 있도록 비는 나만의 의식이야.
빈소에서 영정 사진을 보고 명복을 빌어주는 것처럼.

마리는 어깨에 멘 가방끈을 두 손으로 잡아당겼다. 언제나
무릎 담요를 넣고 다녀 가방이 볼록했다. 파란색 가방은 노란
색 티나 청바지와도 잘 어울렸다.

나는 졸음을 쫓기 위해 검지와 가운뎃손가락으로 테이블
을 톡톡 두드렸다. 이제 한 시간만 참으면 전철이 다닐 시간
이지만 아까보다 더 졸음이 몰려왔다. 30분이 지났겠거니 하
고 보면 겨우 5분이 지나 있을 뿐이었다. 밤에는 낮과 달리 시
간이 천천히 갔다.

─난 알바를 해서 모은 돈으로 올겨울 하와이에 갈 거야.
이제 백만 원만 더 모으면 돼.

마리는 어깨까지 닿은 머리카락을 끈으로 묶고 졸리다면
서 테이블에 뺨을 갖다 댔다. 알바는 어떡하냐고 물으려다 더

는 말을 하지 않았다. 아르바이트 인생은 누구보다 내가 잘 알기 때문이었다.

―따뜻한 그곳에서 일주일만 아무것도 하지 않고 와이키키 해변을 보며 햇빛을 쬐고 싶어. 고달픈 알바 인생에서 벗어나서.

장례식장 건물에서 202호 상주가 나오더니 벚나무 아래로 가 담배를 피웠다. 연달아 두 개비를 피우고 상주는 벚나무 위를 올려다보았다. 죽은 아내를 떠올리는 것일까. 아니면 찢어진 청바지를 입고 온 남자들을 떠올리는 것일까. 상주는 바닥에 버린 꽁초를 구두 뒷굽으로 뭉개고는 나뭇가지에 핀 꽃잎을 훑어 허공에 뿌렸다.

―그 남자들은 정말 죽은 여자의 애인일까?

나는 장례식장으로 들어가는 상주를 보며 물었다.

―눈빛 못 봤어? 말없이 죽은 여자의 얼굴만 쳐다봤잖아. 죽은 여자의 얼굴을 만지려고도 했고. 게다가 조문 온 여자들이 하는 말 못 들었어?

―들었어.

―들었으면서도 못 믿어? 죽은 여자는 남편 몰래 바람피운 거야. 똑같은 스타일의 남자들이랑. 그게 죽은 여자의 취향이었겠지.

—난 그 남자들을 보고 우리 아버지를 떠올렸어.

　나는 테이블에 뺨을 대고 마리의 뒤통수를 바라보았다. 마리는 내 쪽으로 얼굴을 돌리지 않고 이유를 물었다.

　—아버지는 엄마와 이혼했는데 아직도 만나거든. 우리 아버지는 그 남자들처럼 엄마가 죽으면 빈소에 와서 조용히 앉아 있다 갈 사람이야.

　—우리 엄마와 아버지는 이혼은 안 했지만 이혼한 사람처럼 살아. 한집에 살면서 각방을 쓰거든. 각방을 쓰면서도 두 사람은 말도 하지 않고 같이 밥을 먹어. 두 사람이 이야기하는 날은 일요일이야. 일요일에는 아침 먹고 성당에 가야 하니까. 같이 미사 보고 신부님과 자연스럽게 이야기를 나눠. 밖에서 두 사람은 다정하게 행동하지만 집에 돌아오면 각자의 방으로 들어가.

　—그래도 이혼은 안 했잖아?

　—이혼을 안 한 건 성당에 다니기 때문이야. 성당에서는 이혼을 못 하게 하거든. 두 사람은 각방을 쓰되 결코 헤어지지 않아. 어찌 보면 그것도 사랑 같아.

　—난 이혼했다고 해서 엄마를 싫어하진 않아. 엄마에게는 엄마의 인생이 있으니까. 내가 싫어하는 건 누나야. 죽은 누나. 대책 없이 죽어버렸으니까. 나는 너무 어렸는데.

―그게 몇 살 때였어?

―내가 열한 살 때. 벚꽃이 핀 날이었어. 지금도 그때를 생각하면 아득해. 그놈의 벚꽃이 얼마나 하얗던지. 햇빛은 또 얼마나 따스하던지. 그 봄날에 누나가 죽은 거야. 내가 사랑하는 사람들은 모두 봄날에 떠났어. 할아버지도 그랬고 할머니도 그랬고. 그래서 난 봄날이면 죽음이 떠올라. 너는?

내 말에 마리는 대꾸를 하지 않았다. 잠이 든 것 같았다. 눈앞으로 마리의 가마가 보였다. 휘몰아치는 모양의 가마가 신기해 손을 뻗었다가 이내 거둬들이고 장례식장을 바라보았다.

―실은 내가 누나를…… 죽였어. 목조르기 게임을 하다가…….

마리의 어깨가 미세하게 꿈틀거렸다.

내가 처음 하얀 뱀을 본 것은 누나가 죽은 날이었다. 그날도 나는 두 살 많은 누나와 목조르기 게임을 했다. 엄마와 아버지를 기다리는 게 지루해지면 우리가 하는 놀이였다. 게임을 할 때면 언제나 내가 먼저 거실 바닥에 누웠다. 그날 거실 통유리 창문으로 마당 끝의 벚나무가 보였고, 그 나뭇가지에는 하얀 꽃이 피어 있었다. 한 뼘쯤 열린 창문 틈으로 들어온 바람에 꽃 냄새가 묻어났다. 바닥을 탁탁 치며 신호를 보내자 누나가 내 배 위로 올라와 앉았다. 누나는 내가 무거워할까 봐 엉덩이를 살짝 들고 두 손으로 내 목을 감싸 쥐었다. 그러나 아무런 힘이 가해지지 않아 간지러웠다. 목을 조르라고 하자 누나는 주춤주춤 손에 힘을 주었다.

누나가 두 손에 힘을 주자 기분이 좋아졌다. 조금만 더. 나는 다리를 최대한 벌리고 팔도 옆으로 쫙 뻗었다. 손가락 끝에 닿는 청소기를 밀어내고 팔을 더 뻗었다. 서서히 정신이 몽롱해지고 가슴은 터질 듯 부풀어 올랐다. 눈을 지그시 감고 날개처럼 양팔을 위아래로 휘젓자 하늘을 날아다니는 것 같았다. 기분이 좋아 조금만 더 하라고 재촉했다. 괜찮겠어? 누나는 떨리는 목소리로 물었다. 괜찮다니까, 어서 졸라. 확 조르라니까. 누나가 내 목을 더 졸랐다. 머릿속이 몽롱해지면서 몸이 천장 위로 붕 떠오르는 것처럼 가벼워졌다. 더, 더, 더. 그때 누나가 목을 조르는 손을 풀었다. 터질 듯 부풀어 오른 가슴이 내려앉으면서 바람 빠진 풍선처럼 몸이 늘어졌다. 천장 위로 올라간 몸이 세차게 떨어지는 기분을 느끼며 눈을 떴다. 누나가 나를 내려다보며 괜찮냐고 물었다.

—딱 좋았는데.

아쉬운 마음에 나는 목을 쓸어보았다.

—다음에 할 땐 더 졸라줘. 기분이 아주 좋았다니까. 마치

하늘을 나는 것처럼.

　나는 누나에게 옆으로 누우라고 했다.

　―난 하고 싶지 않아.

　누나는 손등으로 이마에 맺힌 땀을 훔치며 뒤로 물러나 앉았다. 나는 누나를 끌어당겨 바닥에 밀어 눕혔다.

　―누우라니까.

　―하지 마. 싫어.

　―괜찮다니까. 누나도 한번 느껴봐.

　언제나 누나는 좋으면서도 싫다고 말하는 버릇이 있었다. 내가 기분 좋지, 하고 물으면 아니 안 좋아, 하고 반대로 말했다. 엄마가 옷을 사줄 때도 기분이 좋냐고 물으면 안 좋다고 했다. 목조르기 게임을 할 때도 마찬가지였다. 결국 할 거면서 누나는 하지 말라고 말했다. 한 번만 더 하자니까. 그럼 딱 한 번만이야……. 나는 배 위로 올라가 누나가 빠져나가지 못하도록 두 다리로 옆구리를 조였다. 통유리창으로 들어온 햇빛이 누나의 얼굴에 비쳤다. 누나는 얼굴을 찌푸리며 눈을 감았다.

　나는 두 손으로 누나의 목을 졸랐다. 얼굴에 미소가 번지면서 누나는 날아갈 것처럼 양쪽으로 팔을 펼쳤다. 누나의 입술이 살짝 벌어졌다. 벌어진 입술 안이 멍이 든 것처럼 보랏빛을 떠었다. 조금만 참아봐. 기분이 좋아질 거야. 아까 나도 그 기분을 느꼈거든. 누나가 조금만 더 졸랐으면 날아갔을 거라고. 나는 누나가 희열을 느끼도록 목을 잡은 손에 힘을 주었다. 누나의 얼굴색이 변하면서 감은 눈꺼풀 속 눈알이 빙글빙글 돌아갔다. 그때가 가장 큰 희열을 느끼는 순간이었다.

─좋지?

─으응.

─내가 더 기분 좋게 해줄게.

골목길을 지나가는 차 소리가 들렸고 아이들이 뛰어노는 소리도 들렸다. 누군가가 내 이름을 불렀고 누군가는 누나 이름을 불렀다. 아이들이 나와 누나를 부르는 소리가 점점 가까워졌다. 나는 대답을 하지 않고 목을 더 졸랐다. 아이들은 다시 골목길을 뛰어갔고 더 이상 나와 누나의 이름을 부르지 않았다.

거실 안으로 들어온 햇빛에 정신을 차린 나는 목을 잡은 손을 뗐다. 누나의 목에는 손가락 모양의 자국이 벌겋게 생겨 있었다. 누나의 눈은 감겨 있었고 입은 더 벌어져 있었다. 흔들어 깨워도 눈을 뜨지 않아 뺨을 후려쳤다. 그래도 누나는 눈을 뜨지 않았다. 눈 떠, 누나. 눈 뜨라고. 그때 벚나무 위에서 하얀 뱀이 마당을 날아 거실로 들어왔다. 하얀 뱀은 내 주변을 빙글빙글 돌다 벌어진 누나의 입속으로 들어갔다. 뱀이 목구멍을 타고 들어가자 누나의 배가 볼록해졌다. 하얀 뱀은 몸속을 헤집고 다니다 누나의 영혼을 꺼내 들고 하늘로 올라갔다. 그때 엄마가 현관문을 열고 들어왔다. 엄마가 끌고 온 진홍색 캐리어가 빙그르르 굴러가 식탁 다리에 탁, 부딪쳤다.

2

아버지가 있는 집에서는 언제나 소리가 났다. 그릇이 포개지면서 달그락거리는 소리가 났고 청소기 돌아가는 소리가 났다. 실내화로 바닥을 스치듯 끌며 거실을 왔다 갔다 하는 소리도 났다. 그것은 마치 종이가 바스락거리는 소리와 비슷했는데 소리를 듣고 있으면 마음이 편안해졌다. 아버지와 나는 소리로 연결되어 있었다.

나는 아버지의 소리를 들으며 마당 오른편의 반지하인 히로시 방을 바라보았다. 가로로 넓게 낸 통유리창으로 마네킹에게 옷을 입히는 히로시가 보였다.

—재호야, 밥 먹어.

아버지가 부르는 소리에 나는 마당 끝의 벚나무를 한번

쳐다보고 거실로 나갔다. 아버지는 주방에서 요리하며 히로시에게 배운 일본 노래를 부르고 있었다. 우리말로 하면 연인이라는 뜻을 가진 〈고이비토요〉라는 노래였다. 한층 감정을 잡아 불렀지만 아버지는 고음 부분에서 막혀 저음으로 불렀다. 노래를 다 부를 때까지 아버지는 고음과 저음을 대여섯 번 왔다 갔다 했다. 나는 젓가락과 숟가락을 양쪽에 놓고 식탁 한가운데 있는 과일 바구니를 끝으로 밀어낸 다음 생수를 놓았다.

— 또 생수를 한가운데 놓네.

— 난 이게 편해. 장례식장에서도 생수는 한가운데 놓거든. 조문객이 따라 마시기 편하게.

아버지가 피식 웃었다.

— 여긴 장례식장 아니니까 생수는 가장자리에 놓아. 난 생수가 한가운데 있으면 장례식장에서 밥 먹는 거 같아.

— 식탁 한가운데 안 놓아야지 하면서 나도 모르게 그래. 직업병인가 봐.

— 나도 장례식장 다닐 땐 그랬어. 암튼 식탁 한가운데에는 그날의 메인 음식을 놓아야 해. 오늘 이 자리엔 단무지를 놓을 거야.

아버지가 색깔별로 담은 단무지를 김치 옆에 놓았다. 아버지는 단무지를 담글 때 천연색소를 넣어 여덟 가지 색깔로 만들었다. 그래서 단무지를 커다란 접시에 둘러놓으면 색색의 코스모스꽃이 핀 것처럼 화사했다. 음식은 입으로 먹기 전에 눈으로 먼저 먹는다는 게 아버지의 지론이었다. 때문에 아버지가 만든 식탁은 화려했다. 아버지는 김치만큼 단무지를 자주 담갔다.

나는 빨간색 단무지를 하나 집어 먹고 의자에 앉았다. 아버지와 나밖에 없는데도 식탁 의자는 네 개가 놓여 있었다. 나머지 두 개는 이혼한 엄마 의자와 죽은 누나 의자였다. 아버지는 국을 퍼서 식탁에 놓고 엄마 자리에 앉아 숟가락을 집었다. 하루에 한 번 아버지는 꼭 엄마 자리에 앉아 밥을 먹었다. 그게 어쩌면 아버지 나름대로 엄마를 생각하는 방식인지도 몰랐다. 아버지와 대각선 방향으로 앉아 식사를 할 수 없어 옆으로 이동해 누나 의자에 앉아 국을 떠먹었다.

—짜.

아버지는 숟가락으로 국물을 한 모금 떠먹었다.

—괜찮은데.

—짜다니까. 요즘 계속 국이 짜.

시금치나물도 짜다고 말하자 아버지는 멸치볶음과 소고기 장조림을 밀어주었다. 두 가지 반찬도 짜서 단무지를 집어 먹었다. 아버지는 내 눈치를 보며 빈소에서 밤을 새운 거냐고 물었다.

—마리와 시내 돌아다녔어. 동인천까지 택시 타고 갈 순 없잖아. 나 기다리느라 안 잔 거야?

—나이 드니까 잠이 적어져. 자는 시간도 아깝고.

—어제 팀장님은 만났어?

—만나서 밥 먹고 차 마셨지.

—영화라도 한 편 보면 좋잖아. 씨네큐브서 좋은 영화 많이 하는데. 팀장님이 아버지 좋아하는 거 알지?

아버지는 또 피식 웃었다.

—아죽사 모임 때문에 영화 볼 시간은 없었어. 모임 끝나고 영등포로 조문 갔거든.

—왜 그 모임은 자주 사람이 죽어? 모임 이름을 바꿔봐. 아무래도 이름 때문에 사람이 죽는 것 같아. 아죽사가 뭐야.

아버지는 국물을 떠먹다 말고 나를 쳐다보았다.

—아름다운 죽음을 준비하는 사람들. 이 정도면 괜찮은 이름인데. 사는 것도 중요하지만 어떻게 죽는가도 중요해. 요즘 사람들은 죽음에 대해 생각하지 않는 게 문제야. 타인이 죽는다는 건 인식하지만 자신이 죽는다는 건 인식하지 않더구나. 받아들이고 싶지 않은 거지.

─죽기 위해 사람들이 그 모임에 나오는 거 같아.

─죽는 것도 중요하니까.

─저 그림 속의 사람들도 다 죽었겠네?

나는 시금치나물을 집다 말고 거실 벽에 걸린 그림을 가리켰다. 거실 벽에는 아버지가 은행 다닐 때 산 에드워드 호퍼의 〈밤을 지새우는 사람들〉이 걸려 있었다.

─에드워드 호퍼가 1967년에 죽었으니까 아무래도 그렇겠지.

─오늘 새벽에 맥도날드에 앉아 저 그림을 떠올렸어. 저 안에 혼자 등을 보이고 있는 남자가 아버지 같아서. 다른 남자의 아내가 된 엄마를 쳐다보는 것 같아.

아버지는 유난히 숫자를 잘 기억했다. 내가 태어난 연도와 시간까지 정확하게 알았다. 숫자는 한 번 들으면 머릿속에 와서 박힌다고 했다. 물론 에드워드 호퍼의 복제품을 산 날도 기억했다. 숫자가 좋아 은행원이 된 아버지는 마흔아홉에 지점장을 끝으로 은퇴한 후 아죽사 모임을 만들었다.

누나의 죽음 이후 아버지는 사는 것만큼 죽는 것에도 관심을 갖기 시작했다. 아버지의 일생에서 삶의 방향이 바뀐 것이다. 아죽사 모임의 회원은 25명이었는데 매주 금요일 이화여대 앞의 문학다방에 모여 죽음에 대해 토론하고 책을 읽었다.

주변에서 일어난 죽음에 대한 경험담도 공유했다. 죽음에 끌려다니지 말고 적극 대처하자는 게 아버지가 모임을 만든 취지였다.

　새 회원이 들어오면 당산역에 있는 임종체험센터에 갔다. 회원은 대부분 70대와 80대였다. 아버지를 따라 임종체험센터에 간 건 두 번이었다. 죽음을 체험하러 간 게 아니라 아버지 혼자 회원들을 인솔하기 힘들어 보조로 따라간 것이다. 임종체험센터에 들어가자 길쭉한 관들이 뚜껑이 닫힌 채 일렬로 놓여 있었다. 땅에 묻기 위한 관들이 질서정연하게 놓인 것 같아 공동묘지처럼 오싹했다.

　노인들은 한 사람씩 영정 사진을 찍고 수의를 입은 뒤 관을 앞에 두고 유서를 썼다. 그러고는 두 명씩 한 팀이 되어 관 앞에 앉았다. 그중 한 노인이 혼자라 관 뚜껑을 닫아줄 사람이 없어 내가 그 옆으로 갔다. 텅 빈 관 속으로 노인이 한 발을 내디뎠지만 다른 한 발은 넣지 못했다. 빨리 들어가세요. 다들 들어갔잖아요. 채근했지만 노인은 주저했다. 노인의 이마에 흘러내린 흰 머리카락이 땀으로 젖어 있었다.

　노인은 머리카락을 쓸어 넘긴 뒤 나를 쳐다보았다. 그, 그게…… 생각보다 쉽지 않네. 보기보다 이게 힘들어……. 노인은 머뭇거리며 관 속으로 들어가지 않았다. 가만히 보고 있을 수 없어 두 손으로 노인의 발을 들려 했지만 꿈쩍을 안 했다. 힘 좀 빼세요. 힘주지 마시라고요. 어차피 이건 가짜 죽음이 잖아요. 가짜 죽음이란 말에 노인은 발에 준 힘을 뺐다. 얼른 노인의 발을 관 속으로 들어 옮겼다. 노인이 눕고 나서 관 뚜 껑을 들어 윗면을 덮었다.

3분 동안 관 속에 있다 나왔을 때 노인의 얼굴은 죽은 사람 처럼 창백했다. 이제는 뚜껑을 닫아준 사람이 관 속으로 들어 갈 차례였다. 입관 체험은 하고 싶지 않다고 했는데 노인이 억세게 내 손을 잡아당겼다. 악력이 얼마나 센지 손을 빼낼 수가 없었다. 전 싫어요. 제가 왜 관에 들어가요. 전 할아버지 도와주러 온 거라고요. 죽음 같은 건 체험하고 싶지 않다고 요. 노인은 막무가내로 나를 관 속으로 밀어 넣고 뚜껑을 닫 았다.

칠흑 같은 어둠이 관 속을 덮었다. 어둠이 내리눌러 숨이 막 혔고 양쪽 어깨가 관에 딱 맞아 꿈쩍할 수 없었다. 금방이라도 질식할 것 같아 주먹으로 관 뚜껑을 때렸다. 이것 좀 열어줘 요. 숨이 막혀요. 조금만이라도 뚜껑을 열어주세요. 애걸복걸 하는데도 노인은 뚜껑을 열어주지 않았다. 노인이 관 위에 엉 덩이를 걸치고 앉았는지 두 손으로 밀어도 열리지 않았다.

숨이 막혀 죽을 것 같아 공기가 통하도록 만든 동전만 한

구멍에다 얼굴을 갖다 댔다. 그런데 그 구멍으로 하얀 뱀이 꼬리를 치며 들어왔다. 하얀 뱀은 관 속을 유영하다 나를 발견하고 한참 동안 응시하더니 혀를 내밀어 뺨을 핥았다. 면도날이 지나간 것처럼 뺨이 시렸다. 내가 꼼짝을 않자 하얀 뱀은 머리 뒤로 들어와 목을 칭칭 감았다. 나는 발로 관 뚜껑을 찼다. 마침내 뚜껑이 열리면서 노인이 관 속으로 얼굴을 들이밀었다. 젊은 사람이 그것도 못 참아. 아직 1분 남았어. 관 속으로 하얀 뱀이 들어왔다고 하자 노인은 인상을 쓰며 거칠게 뚜껑을 닫았다.

  ―회원은 늘었어?

  나는 아버지에게 물었다.

  ―한 사람 늘었어. 이번에 들어온 사람은 30대 후반이야.

  ―30대가 무슨 일로 모임에 들어와?

  ―혈액암이래. 그 사람은 죽음을 직접 준비하고 싶다고 들어왔어.

  ―모임에 나올 게 아니라 암센터 가서 치료를 받아야지.

  아버지는 고개를 끄덕이고는 숟가락을 내려놓았다.

  ―치료부터 받으라고 했는데 치료만 받다 죽고 싶진 않대. 치료를 받으면서 모임에 나와 죽음에 대한 이야기도 듣고 싶대. 아직 한창때라서 죽음이 두려울 나이잖아.

—히로시는 모임에 잘 나와?

—잘 나와.

—요즘 히로시가 이상한 것 같아.

아버지는 나이가 열 살 넘게 어린 히로시를 친구처럼 대했다. 내게도 히로시는 친구 같은 존재였다. 엄마가 떠난 후 나는 히로시와 많은 시간을 보냈다. 내가 학교에서 돌아오면 히로시는 미싱으로 옷을 만들다가도 일을 멈추고 간식을 만들어주었다. 죽은 누나의 꿈을 꾸다 깨어났을 땐 엄마처럼 안아주었다. 히로시와 지내면서 나는 조금씩 엄마의 빈자리를 잊어갔다. 나이가 스무 살 이상 차이 나서인지 어느 땐 엄마처럼 느껴졌다. 나는 그를 언제나 히로시라고 불렀다. 어렸을 때부터 부르던 버릇대로. 물론 히로시도 이름으로 불리는 걸 더 좋아했다.

—아까 네 엄마 왔다 갔다.

—아버지 보러 왔겠지.

—고호랑 씨네큐브에 왔다 들렀대. 고호가 영화 보는 사이 온 거야.

나는 엄마 이야기는 듣고 싶지 않아 숟가락을 내려놓았다. 엄마는 아버지와 이혼 후 다른 남자와 재혼해서 고호를 낳았다. 일본 여행 가이드인 엄마는 꽤 미인이었다. 키가 크고 얼굴이 작았다. 피부도 아주 하얬다. 엄마가 잘하는 것은 얼굴을 꾸미는 일이었다. 일을 나가지 않는 날에는 얼굴에 영양크림을 듬뿍 바르고, 팩을 바르고, 마사지를 하고, 화장을 했다. 하루에도 두세 번씩 엄마는 화장을 지우고 새로 했다.

누군가와 전화로 수다를 떠는 일도 잘했다. 어느 날은 오전 내내 수다를 떠느라 아침밥을 주지 않았다. 엄마는 살림에는 관심이 없었다. 따라서 집안 살림은 언제나 아버지가 했다. 엄마가 며칠씩 집을 비울 때마다 아버지가 엄마 역할도 했다. 그래서 가끔 아버지가 왜 엄마에게 반했을까 생각했다.

곰곰이 따져보면 엄마보다는 아버지가 매력적인 사람이었다. 은행 다니면서 몸에 밴 습관 때문에 아버지는 상대의 이야기를 끊지 않고 들어주는 면이 있었다. 재직 중에 한 번도 고객과 말싸움을 한 적이 없다는 게 아버지의 자랑이었다. 어쩌면 엄마는 타인의 이야기를 잘 경청하는 아버지에게 반한 것인지 몰랐다.

─엄마와 이혼한 게 나 때문이야?

아버지는 큼큼, 목을 가다듬더니 한참 있다 말을 꺼냈다.

─네 엄마가 원했어.

─그러니까 그게 나 때문 아니냐고.

내가 목소리를 높이자 아버지가 힐끗 쳐다보았다.

―너 때문은 아냐.

―진짜 아냐?

―그렇다니까. 네 엄마가 무슨 소리 했어?

―아니.

지금도 나는 누나의 장례식이 끝난 후 얼마 안 돼 엄마가 집을 나갔다 돌아온 날을 기억했다. 어느 날 학교에서 돌아오니 엄마가 집에 와 있었다. 엄마가 입은 원피스에는 아주 큰 꽃이 그려져 있었고 머리카락은 짧게 잘려 있었다. 머리며 옷차림이 엄마의 기존 가이드 스타일과는 완전히 달랐다. 엄마는 내게 자른 머리가 더 예쁘지 않느냐고 물었다. 내가 고개를 젓자 엄마는 별다른 반응 없이 긴 머리를 자르니까 살 것 같다면서 주방으로 갔다.

엄마는 냉장고에서 돼지고기를 꺼내 잘게 썬 후 간장과 마늘로 양념을 해 데리야키를 만들었다. 식탁을 차리고 엄마는 나를 불렀다. 돼지고기 데리야키 냄새가 구수해 연신 나는 젓가락을 가져갔다. 그러나 아버지는 데리야키에 손을 대지 않고 묵묵히 콩나물국에 밥을 말아 먹었다. 엄마는 밥을 먹지 않고 내 옆자리를 바라보았다. 밥과 데리야키가 한 접시 더 놓인 게 그제야 눈에 들어왔다. 내가 아닌 누나를 위해 데리야키를 만든 것이다. 엄마가 누나 자리에 놓은 것을 내 앞으로 밀어주었으나 나는 그것을 먹지 못하고 토했다. 그 후로 데리야키에는 일체 입을 대지 않았다.

—지점장님.

히로시가 아버지를 부르는 소리에 나는 자리에서 일어났다. 현관문을 열고 들어온 히로시는 아버지에게 점심 식사 중이냐고 물었다. 아버지는 내가 새벽에 들어와 아침 겸 점심을 먹는다고 했다. 히로시가 아버지에게 밀린 월세라면서 봉투를 내밀었다.

—나중에 줘. 요즘 경기도 안 좋은데.

아버지가 봉투를 돌려줬으나 히로시는 받지 않았다. 나는 히로시가 좋아하는 단무지가 있다며 식탁에 앉혔다. 아버지가 밥과 국을 퍼서 히로시 앞에 놓아주었다. 히로시는 젓가락을 집어 단무지를 하나 먹고 국물을 떠먹더니 맛있다고 했다.

—짠데. 국도 짜고 소고기장조림도 짜. 시금치나물도 짜고.

내 말에 히로시가 웃었다.

—지점장님이 만든 음식은 다 맛있어. 특히 김치.

—김치는 인정해. 엄마도 칭찬한 거니까.

아버지는 밥을 먹고 일어난 히로시에게 새로 담근 단무지 한 통을 건네주었다. 히로시는 단무지 통을 받아 들고는 아버지에게 인사를 하고 나갔다. 주기적으로 아버지는 반찬을 만들면 히로시에게 주고 일주일에 두세 번씩 불러 함께 밥을 먹었다.

—히로시 이상하지?

—평상시와 똑같은데.

—안 똑같아. 다른 때는 이야기도 하고 놀다 갔는데 오늘은 밥만 먹고 갔잖아.

—그런 날도 있는 거지.

—아니라니까. 표정이 어딘지 우울해 보여. 장례식장 앞에선 내년에도 벚꽃을 볼 수 있을까, 하고 물었다고.

—그래서?

—당연히 내년에도 벚꽃은 볼 수 있다고 했지. 내년에도 장례식장 벚꽃은 필 테니까. 사람들은 죽을 테고.

아버지는 봉투를 서랍에 넣고 수돗물에 씻은 딸기를 접시에 담았다. 딸기를 먹으며 나는 마당에서 기 체조를 하는 히로시를 바라보았다. 히로시는 두 손으로 원형을 그리고는 숨을 길게 내쉬었다. 같은 동작을 두 번 반복한 뒤에는 양쪽 무릎을 굽혔다. 그 상태에서 손을 앞으로 쭉 뻗고 오른쪽 발을 들어 뒤로 뻗은 채 한 발로 마당을 돌았다. 아주 커다란 황새가 다리 하나로 마당을 돌아다니는 것처럼 자세가 우아했다.

담을 넘어온 고양이가 꼬리를 말아 올리고 히로시의 뒤를 따라다녔다. 장례식장에서 사는 검은 고양이였다.

　—이맘때 네 엄마와 오타루 운하를 돈 적 있어.

　나는 엄마 이야기는 듣고 싶지 않아 딸기를 입에 넣었다. 히로시는 마당을 세 바퀴 뛰고 나서 방으로 들어갔다.

　—나룻배를 타고 운하를 도는데 물색이 얼마나 투명하던지. 물속에 사는 물풀과 물고기까지 보였어. 물속으로 운하를 따라 세워진 적벽돌 건물이 보였고, 그 사이로 운하를 구경하며 걸어가는 사람들도 보였고, 사람들 머리 위로 떨어지는 벚꽃도 보였지. 물속에도 벚꽃이 하얗게 피어 있었어. 운하 위에 있는 세상이 운하 아래에 똑같이 있었어. 물살이 일자 물속에 핀 벚꽃들이 일제히 가지를 흔들어 꽃잎이 떨어졌고. 떨어진 꽃잎을 먹으려는 물고기들이 사방에서 몰려와 꽃잎을 낚아채 달아났지. 물살이 일 때마다 수면에 떨어진 꽃이 물속으로 흘러들었어. 그날 밤 물속에 핀 벚꽃을 보는데 네 엄마가 널 임신한 거야.

　나는 손님을 데리고 골목 안쪽으로 들어가는 황금부동산 사장을 보았다. 친구가 살던 집이 매물로 나온 모양이었다. 그 집에서 살던 친구는 중학교 때 강남으로 이사를 갔다. 그 후 친구를 다시 본 적은 없었다. 이곳을 떠난 친구들은 돌아오지 않았다. 나 역시 한때 이곳을 떠나고 싶어 엄마가 사는 강남으로 이사 가자고 했으나 아버지는 누나와 살았던 이 집을 떠나지 않았다.

　—다음 주에 네 엄마와 오타루 간다.

　—오타루 간다는 말 하려고 엄마 이야기 꺼낸 거야?

　—늘 이때쯤 갔잖아.

　—언제까지 갈 건데?

아버지는 대꾸를 하지 않고 그릇과 숟가락을 들고서 싱크대로 가더니 〈고이비토요〉를 흥얼거렸다. 설거지를 하려고 틀어놓은 수돗물 소리와 아버지의 노랫소리가 묘하게 어우러졌다. 아버지가 내는 소리가 점점 집 안을 채웠다.

엄마 이야기를 하고 나면 아버지는 언제나 흥에 겨워했다. 엄마는 재혼한 후에도 가이드 일을 계속했다. 아버지와 살 때보다 일을 3분의 1로 줄였음에도 한 달에 서너 번은 비행기를 탔다. 그리고 1년에 한 번은 가이드 일을 한다는 핑계를 대고 아버지와 오타루에 갔다.

　—이거 히로시 갖다 줘.

나는 아버지가 접시에 담아준 딸기를 들고 히로시에게 갔다. 히로시는 거실 한가운데 놓인 미싱 앞에 앉아 빨간색 바지 밑단을 박음질하고 있었다. 미싱 옆으로는 벽을 따라 벌거벗은 마네킹이 십여 개 서 있었다. 체형도 달랐고 키도 달랐지만 어딘지 모르게 마네킹들은 히로시의 창백한 얼굴을 닮은 듯했다. 나는 딸기를 하나 집어 먹고 미싱 앞에 접시를 내려놓았다. 일을 멈추고 히로시가 나를 쳐다보았다.

—알바 안 나가?

—오늘은 죽은 사람 없어. 그래서 말인데 영화 보러 갈까?

나는 씨네큐브에서 히로시가 좋아할 만한 한국 영화가 상영된다고 말했다. 히로시는 옷을 만들어야 하기에 갈 수 없다고 했다. 영화 보러 가는 걸 포기하고 소파에 앉아 히로시가 산 책을 훑어보았다.

—이건 신간이네.

—얼마 전 교보문고에 가서 샀어.

—이 사람은 처음 본 작가인데?

—마루야마 겐지야.

—머리가 이래서 스님인 줄 알았어. 근데 이건 한국 소설책 아냐?

—요즘 읽는 죽음에 관한 소설이야. 지난번에 그 작가 북콘서트도 갔었어.

히로시는 딸기를 하나 집어 먹고 노루발 속으로 천을 밀어

넣었다. 미싱 위에 있던 실패가 떨어져 실이 풀어졌다. 나는 실패를 집어 미싱 위에 올려놓았다. 마당을 왔다 갔다 하던 고양이가 담을 넘어 뒷집으로 갔다.

─일 끝나고 들어올 때면 마네킹을 보고 깜짝깜짝 놀라. 창문 앞에 사람이 서 있는 것 같다니까.

히로시는 미싱 페달에서 발을 떼고 문득 정면을 응시했다.

─마네킹은 다른 사람 주기로 했어.

─웬일로 저걸 남 준대?

나는 마네킹에게 다가가 굿바이 악수를 한 뒤 히로시가 입힌 빨간색 양복 상의를 만져보았다. 히로시의 양복과 원단만 다를 뿐 색깔은 똑같았다.

─이런 양복을 찾는 사람도 있어?

─선물하려고.

─이걸 받고 좋아할까?

─양복은 다 좋아하지.

히로시가 딸기를 먹는 사이 나는 크고 작은 마네킹들을 둘러보았다. 마네킹들이 죄다 빨간 양복을 입은 모습을 상상하자 저절로 미소가 지어졌다. 방 안 가득 칸나가 붉게 피어 있는 모습을 연상케 했다.

3

　자정이 넘어 일을 마치고 가려는데 뒤따라 나온 팀장이 나를 한쪽으로 불러 아버지 안부를 물었다. 아죽사 모임에 갔다고 하자 팀장은 자신을 그렇게 쫓아다니면 좀 좋냐며 한숨을 쉬었다. 팀장은 아직도 아버지가 엄마를 못 잊는 것 같다고 했다.

　아버지를 만나고 오면 팀장은 언제나 침울했다. 주로 두 사람은 아죽사 모임을 하는 이화여대 앞에서 만나 밥을 먹고 커피를 마셨다. 어느 땐 서대문역 인근의 순댓국집에 가기도 했다. 아버지는 장례식장 일을 함께한 동료로서 팀장을 대했다. 이에 반해 마흔둘에 남편과 사별한 팀장은 아버지를 남자로 좋아했다. 하지만 별다른 진전은 없었다. 더 이상 이대로는 안 될 것 같아 적극적으로 아버지에게 다가가라고 말했다.

　—다음에 만나면 양평으로 드라이브 가세요.

　—오토바이 타고?

　팀장이 얼굴을 찌푸렸다.

　—낭만적이고 좋잖아요. 양평에 멋진 카페도 많고 러브호텔도 있고.

　러브호텔이란 말에 팀장은 손으로 입을 가리고 웃었다. 맞은편 빈소로 들어가던 조문객이 얼굴을 찌푸리며 나와 팀장을 노려보았다. 맞은편 빈소는 계속 조문객이 들락거렸다. 그곳에서 나온 술 취한 조문객이 휘청휘청 계단을 내려갔다. 대리석 계단에 구두 뒤축이 닿을 때마다 날카로운 소리가 내 귀를 때렸다. 계단에서 넘어질까 봐 긴장했지만 조문객은 무사히 1층까지 내려갔다.

　—이런 곳에서 러브호텔 하니까 기분 묘하다. 사랑하고 싶은 욕망이 살아나네. 아직 손도 안 잡아봤지만.

　팀장이 수줍은 표정으로 얼굴을 붉혔다.

　—양평 가서 잡으면 되죠.

　—네 아버지가 안 잡는데 어떻게 잡아.

　—먼저 잡아요. 아버지는 적극적인 여자 좋아해요.

　—그런 건 진즉에 알려줬어야지.

팀장은 내 손등을 때리고는 꽉 쪼인 조끼의 아랫부분을 두 손으로 잡아 내리며 웃었다. 나는 팀장이 빈소로 들어간 후 계단을 내려갔다.

장례식장을 나온 뒤 마리와 맥도날드에 갔다. 콜라를 한 잔만 사서 같이 창가에 앉았다. 차들이 지나갈 때마다 도로에 떨어진 벚꽃 잎이 분분히 날아올랐다. 눈이 내리는 것처럼 장례식장 앞 도로가 하얗게 변하는 걸 보며 컵을 옆으로 밀어주었다. 마리는 노란색 빨대로 콜라를 마시고 다시 컵을 내게 밀었다. 나는 파란색 빨대로 콜라를 마셨다. 서너 번 컵이 왔다 갔다 하자 콜라는 사라지고 얼음만 남았다. 손가락으로 얼음을 하나 집어 입에 넣었다.

─오토바이 탈까?

나는 얼음을 깨물며 말했다.

─이 밤에?

─차가 없는 밤이 오토바이 타기에 딱이야. 경찰도 없고.

─좋아.

─조금만 기다려. 집에 가서 오토바이 가져올게.

나는 맥도날드 문을 열고 나갔다. 횡단보도를 건너 황금부동산과 서대문화원을 지나 장례식장까지 올라간 뒤 오른쪽 골목으로 들어섰다. 세 번째 한옥집 대문을 열고 들어가자 통유리창으로 불이 켜진 거실과 식탁이 보였다. 아버지는 식탁 앞에 앉아 책을 읽고 있었다. 오토바이를 세워놓은 창고로 가다 현관문 앞에 의자를 내놓고 앉아 있는 뒷집 아저씨를 보았다. 인사를 했지만 아저씨는 무슨 생각에 빠졌는지 받지 않았다.

나는 벽에 걸어놓은 헬멧을 두 개 집어 한쪽 팔에 꼈다. 시동을 걸려다 아저씨가 놀랄까 봐 조용히 오토바이를 끌고 대문을 나가면서 뒤를 돌아보았다. 들어가 주무시라고 하려다가 방해될까 봐 하지 않았다. 대문을 닫은 뒤 키를 꽂아 시동 버튼을 누르고 슬며시 액셀을 당겼다. 오토바이는 부드럽게 앞으로 나아갔다. 장례식장을 끼고 내려가 맥도날드 앞에 오토바이를 세웠다.

―애개, 스쿠터네.

오토바이를 보고 뛰어나온 마리가 실망한 표정으로 말했다. 박물관에 가야 할 오토바이를 어떻게 둘이 타냐고 구시렁대며 마리는 내가 건네준 헬멧을 썼다. 마리는 엄마의 빨간 헬멧을 썼고 나는 아버지의 파란 헬멧을 썼다. 헬멧이 조금 커서 턱끈을 조이고 출발하려는데 택시에서 빨간색 양복을 입은 히로시가 내렸다. 오토바이를 세워두고 히로시에게 다가가 공장에서 오는 거냐고 물었다.

―장례식장 갔다 왔어.

―그걸 입고?

나는 빨간색 양복을 가리켰다. 히로시는 빨간색 바지에 빨간색 재킷을 입고 있었다. 와이셔츠는 하얬지만 넥타이까지 빨갰다.

―빨간색 양복 입고 장례식장 가면 덜 슬퍼.

히로시는 내게 일이 아직 안 끝났냐고 물었다. 나는 일이 끝나 마리와 오토바이를 타려 한다고 말했다. 히로시는 천천히 달리라는 말을 하고 횡단보도를 건너갔다. 마리는 히로시에겐 왠지 모르게 빨간색 양복이 어울린다고 했다. 내가 먼저 오토바이에 탄 후 마리에게 뒤에 타라는 손짓을 보냈다.

―맥도날드 순례하자.

―맥도날드 순례?

―그래. 맥도날드 순례하면서 햄버거를 맛보는 거야.

―햄버거 종류가 얼마나 많은데 그걸 다 맛봐? 불고기버거도 있고, 치킨버거도 있고, 토마토 치즈버거도 있고, 골든 에그 치즈버거도 있고, 슈슈버거도 있고, 슈비버거도 있고, 시그니처 버거도 있고. 또 뭐가 있더라. 간단히 생각해도 이렇게 많은데 이걸 다 먹어?

―그중 하나를 정해 맛보는 거지. 불고기버거 어때?

―좋아.

―내가 쏠게.

오토바이 뒷자리에 마리가 탄 걸 확인하고 액셀을 당겼다. 속도가 빨라질수록 기분이 좋아졌다. 그러나 시속 70킬로미터를 넘자 오토바이 몸체가 흔들려 속도를 줄였다. 커브를 도니 빌딩과 빌딩 사이로 해머링 맨이 보였다. 가까이 다가갈수록 해머링 맨은 더 커 보였다. 평생 망치질을 해야 하는 게 운명인 남자. 해머링 맨은 고개를 약간 숙인 채 손에 망치를 들고 있었다.

해머링 맨을 볼 때마다 안쓰럽다는 생각이 들었다. 빌딩 앞에 하루 종일 서서 지나가는 사람들을 바라보고, 빌딩 사람들이 퇴근하는 걸 지켜보고, 그들이 퇴근한 후에도 자리를 지키고 서 있는 남자. 한 발짝도 움직이지 못한 채 해머링 맨은 비가 오면 우산도 없이 비를 맞고 눈이 오면 눈을 맞아야 했다. 언젠가 이곳을 지나다 해머링 맨이 비를 맞는 걸 보고 우산을 받쳐주고 싶었지만 키가 너무 커서 실패했다.

해머링 맨을 보고 가자는 마리의 말에 오토바이를 세웠다. 해머링 맨 둘레에는 줄이 쳐져 있었는데 푯말에 매직 글씨로 점검 중이라고 쓰여 있었다. 오토바이에서 내린 나는 해머링 맨 옆으로 갔다. 상체를 조금 숙인 후 오른팔을 서서히 내려 해머링 맨이 망치질하는 걸 흉내 냈다. 한 번, 두 번, 세 번……. 내가 망치질을 하자 마리도 오른손을 들어 올렸다 내 리쳤다. 해머링 맨이 움직이는 것보다 속도가 빨라 마리의 오 른손을 잡고 천천히 내려주었다.

—해머링 맨은 죽지도 않고 이 자리에서 백 년 천 년 망치 질을 하겠지.

내 말에 마리가 웃었다.

—기계의 숙명이겠지. 하지만 해머링 맨은 우리보다 나아. 적어도 해머링 맨은 정규직이니까.

—정규직?

—1년 365일 안 짤리고 일하잖아. 우린 언제 정규직이 될까.

다시 오토바이에 올라타 광화문으로 내려갔다. 오토바이 를 타기에 가장 기분 좋은 날이 봄밤이었다. 봄밤에는 유난히 바람이 선선해 오토바이를 타고 달리면 내 안에 고여 있던 슬 픔이 날아갔다. 그래서 장례식장 일을 마치면 오토바이를 타 고 시내를 돌아다녔다. 어제는 미아리까지 갔다 왔고 그제는 영등포를 지나 서울의 서쪽 끝인 온수까지 달렸다.

오토바이를 타고 돌아다닐 때면 내가 유령 같다는 생각이 들었다. 한번은 자유로를 타고 파주까지 갔다 오던 길이었다.

내 앞으로 차가 한 대도 보이지 않았다. 도로 위에는 오직 내가 탄 오토바이의 헤드라이트 불빛만 존재했다.

한참을 달리자 어느새 나타났는지 오른편에서 강물이 반짝였다. 순간 어둠 속에 숨어 있던 달빛이 내려와 액셀을 잡아당겼다. 바퀴가 살짝 떠오르면서 오토바이는 달빛을 타고 올라갔다. 얼마나 올라갔을까. 도롯가의 풀숲으로 오토바이가 미끄러졌다.

풀숲에 엎어져 한참 동안 움직이지 못한 채 오토바이 엔진 소리와 풀벌레 소리를 들었다. 겨우 오른손을 들어 올려 얼굴을 만져보고 목과 다리를 더듬어보았다. 목도 다리도 다친 곳은 없었다. 그런데 돌이 박힌 것처럼 등이 아팠다. 등 밑으로 손을 넣자 찌그러진 캔이 만져졌다. 캔에서 흘러나온 콜라가 손에 묻었다. 캔을 집어 힘껏 던졌다. 소리도 없이 허공을 날아간 캔은 도로에 떨어졌다. 풀숲을 헤치고 네 발로 기어 오토바이까지 갔다. 두 손으로 핸들을 잡고 오토바이를 세워 도로 위로 끌고 올라가자 그사이 달은 구름 속으로 사라지고 없었다.

휘어진 핸들을 발로 차서 반듯하게 펴고 시동을 걸었다. 액셀을 당겼을 때 오토바이는 털털거리며 앞으로 나아갔다. 도로에 있던 캔이 바퀴에 깔려 옆으로 튕겨났다. 어두운 도로 위를 한참 달리는데 강물이 희끗희끗 반짝였다. 누나가 내 목을 조를 때처럼 정신이 몽롱했다. 반짝거리는 강물 위로 미끄러지지 않으려고 핸들을 움켜잡았으나 오토바이는 수면을 가르며 나아갔다. 바람이 선선하게 불어왔고 이따금씩 손가락만 한 물고기가 수면 위로 튀어 올랐다. 헤드라이트 불빛이 강물 위를 비췄다. 발아래 강물이 바퀴에 갈라지면서 물방울이 바지에 튀었다. 강물 위를 얼마나 달렸을까. 강변을 따라 들어선 아파트의 불빛도 모두 꺼져 있었다. 서울까지 거의 다 왔을 때 왼편으로 환하게 불을 밝힌 맥도날드가 보였다.

맥도날드 앞에 오토바이를 세운 후 문을 열고 안으로 들어갔다. 하얀 불빛 아래 한 남자가 앉아 있는 게 보였다. 불빛을 받아 남자의 등은 하얬다. 건너편에는 한 여자가 앉아 있었고 그 뒤로 또 한 남자가 앉아 있었다. 불빛 때문에 세 사람의 얼굴은 보이지 않았다. 나는 창가에 앉아 빨대로 콜라를 쭉 빨았다. 콜라를 마시는 소리가 나지 않았고 빨아도 양이 줄어들지 않아 주변을 살폈다. 조금 전 등을 보이고 앉았던 세 사람이 보이지 않아 마치 내가 유령처럼 느껴졌다. 유령이 되어 오토바이를 타고 밤이 깊도록 시내를 떠돌아다니는 것 같았다.

맥도날드를 나와 강변북로를 타고 마포로 진입한 후 공덕을 지나 서대문을 향해 달렸다. 서대문 사거리를 지나 좌회전을 하려다 맥도날드에 앉아 있는 마리를 보았다. 유령인가, 하고 눈을 비비고 다시 봤다. 마리가 맞았다. 오토바이를 돌려 맥도날드 앞에 세우고 안으로 들어갔다. 집에 안 가고 여기서 뭐 해? 마리는 손에 쥔 담요를 움켜잡더니 전철이 끊겼다고 했다. 집이 서울 아니었어? 동인천이야. 그동안 마리는 장례식장 아르바이트가 끝나면 맥도날드에서 공무원 시험공부를 하며 밤을 보낸 것이다. 마리의 집이 서울이 아니라 동인천이란 걸 안 게 그때였다.

마리와 헤어져 오토바이를 타고 집으로 갔다. 그러나 혼자 맥도날드에서 밤을 보내는 마리가 떠올라 옷도 갈아입지 않고 다시 나갔다. 마리는 담요를 머리까지 덮은 채 테이블에 엎드려 자고 있었다. 담요에 새겨진 무늬들이 마리의 등에 새긴 문신처럼 보였다. 담요 위로 불룩 튀어나온 건 어깨에 멘 가방이었다. 마리를 깨우지 않고 그 옆에 앉았다. 그러고는 동이 틀 때까지 장례식장을 바라보다 마리가 깨어나기 전 자리에서 일어나 나왔다.

—천천히 달려.

마리가 상의를 잡아당겨 나는 광화문 네거리 신호등 앞에서 브레이크를 잡았다. 끼익, 소리를 내며 오토바이는 횡단보도 앞에 멈춰 섰다. 눈앞으로 지나가는 빈 택시의 차창 안으로 운전사의 머리가 보였다. 택시의 헤드라이트 불빛이 사라진 자리에 어둠이 머리를 들고 나와 거리를 걸어 다녔다. 어둠을 향해 액셀을 당겼다. 뭉텅뭉텅한 어둠이 사방으로 터지면서 흩어졌다.

광화문 네거리를 지나자 저 멀리 종각역 옆에 맥도날드가 보였다. 오토바이를 종각역 입구에 세워놓고 같이 들어가 불고기버거를 사서 창가에 앉았다. 불고기버거를 반으로 쪼개다 마요네즈 한 방울이 마리의 청바지에 떨어졌다. 마리는 냅킨으로 청바지에 묻은 마요네즈를 닦고 불고기버거를 먹었다.

—저기가 새벽마다 내가 전철 타는 곳이야.

마리가 종각역으로 내려가는 입구를 가리켰다. 빌딩과 가로수에 가려 다른 곳에 비해 입구가 악어의 입처럼 어두웠으나 이곳은 서대문보다 차들이 많고 지나가는 사람도 많았다. 눈앞으로 보이는 건물도 높았다. 플라타너스도 보였다. 역사박물관 앞에 있던 플라타너스가 잘려 나가지 않았다면 이만큼 자랐을 것이다.

—장례식장 앞에 있는 맥도날드에서 밤을 보내다 전철이

다닐 무렵이면 이곳으로 내려왔어. 맥도날드는 콜라값만 있어도 하룻밤 지낼 수 있으니까. 콜라값이 아까워 알바생 안 볼 때 몰래 들어간 적이 더 많았지만.

밤의 맥도날드에서 사람들은 대개 혼자였다. 휴대폰을 보는 사람, 잡지를 뒤적이는 사람, 콜라를 앞에 두고 꾸벅꾸벅 조는 사람, 테이블에 고개를 처박고 자는 사람…… 어떤 사람은 맨 구석 자리에서 아예 다리를 뻗고 자기도 했다. 매장 한쪽에 비치된 잡지책을 베개 삼아 베고 자는 사람도 있었다.

─저 할아버지는 새벽까지 유튜브만 봐. 정치 영상을 보면서 욕을 하지.

마리가 생활 한복을 입은 노인을 가리켰다.

─이런 니미럴. 내가 다시 이런 거 보나 봐라.

순간 나와 마리는 마주 보았다. 조금 전 한 말과 달리 노인은 유튜브에서 눈을 떼지 않고 또 욕설을 내뱉었다.

─저 사람 봐.

마리는 손가락을 뻗어 한 사람을 가리켰다.

─파란색 티 입은 사람 말하는 거야?

─아니. 그 사람 말고 흰색 줄무늬 셔츠 입은 남자. 저 사람은 새벽에 와서 묵상만 하다 가. 부처님처럼 저 자세로 꿈쩍을 안 해. 한번은 하도 움직이질 않아 화장실에 가면서 슬쩍

밀어봤는데 꿈쩍을 안 했어. 그리고 저기 저 사람은 우리 또래 같은데 날마다 머리카락을 쥐어뜯어. 테이블 밑을 봐. 저게 다 머리카락이야.

마리는 사람들을 하나하나 쳐다보면서 말했다. 그때 손에 잡지를 들고 꾸벅꾸벅 조는 여자가 눈에 들어왔다.

—저 사람은 계속 졸면서도 절대로 잡지를 내려놓지 않아. 저렇게 들고 있다가 떨어뜨릴 거야.

아니나 다를까 여자의 손에서 잡지가 떨어졌다. 여자는 깜짝 놀라 눈을 뜨고는 주변 사람들의 눈치를 봤다. 그러고는 슬그머니 손을 뻗어 잡지를 주웠다. 나와 마리는 여자에게 들릴까 봐 소리를 낮추고 서로의 얼굴만 응시했다.

—저런 식으로 몇 번 더 떨어뜨리면 새벽이 와.

—아주 빠삭하네.

—이젠 하루라도 저 사람들이 보이지 않으면 궁금하기까지 해. 무슨 일이 생긴 건 아닌가 하고 말야.

—그럴 만도 하겠다.

—매일같이 보는 사람들이 매일같이 똑같은 행동을 하니까 어느 땐 내가 타임 루프에 빠진 것 같아. 그래서 휴대폰으로 오늘이 어제가 아닌지 날짜 확인을 한다니까. 그리고 오늘이란 게 확인되면 맥도날드를 나와서 전철역으로 가.

마리가 웃으며 말했다. 나는 잡지를 들고 조는 여자를 보면서 마리에게 물었다.

—동인천까지는 얼마나 걸려?

—한 시간 이십 분. 급행을 타면 빠르지만 이른 아침이라 배차간격이 길어서 완행을 타.

—되게 오래 걸리네.

—서쪽 끝이니까.

—햄버거 맛은 어때? 난 패티가 질긴데.

마리는 자신도 그렇게 느꼈다고 했다. 나는 밤새 시내를 돌아다니면 햄버거를 몇 개나 먹을 수 있겠냐고 물었다. 마리는 세 개는 먹을 수 있다고 했다. 나는 열 개도 먹을 수 있다 하고는 맥도날드를 나와 오토바이를 탔다. 건너편 구역의 가게는 대부분 불이 꺼져 있어 일단 불이 켜진 곳을 찾았다.

탐앤탐스를 지났을 때 불이 켜진 맥도날드가 보였다. 얼마나 불이 밝은지 가게 앞은 물론이고 그 옆 가게까지 환했다. 오토바이를 길가에 세워놓고 마리와 안으로 들어가 불고기버거를 사서 창가에 앉았다. 지나가는 사람은 보이지 않고 가로수 아래 쌓아놓은 100리터짜리 쓰레기봉투만 눈에 들어왔다.

나는 쓰레기봉투 너머에 세운 오토바이를 바라보았다. 군데군데 칠이 벗겨져 오토바이는 더욱 낡아 보였다. 아버지가 은행에 다닐 땐 주말이면 마당에 오토바이를 내놓고 기름칠을 했지만 지금은 하지 않았다. 나는 햄버거 칼로 불고기버거를 이등분해서 마리에게 반을 주고는 한 입 베어 물었다. 참깨와 돈육패티와 마요네즈와 양상추 맛이 부드러웠지만 소스가 진해 별로라고 생각했다. 마리는 소스 맛이 좋다고 했다. 의견 일치를 보지 못해 다른 곳에 가려고 손가락을 닦다 테이블에 놓인 잡지를 보았다. 잡지 표지에는 맥도날드에서 일한 마우러 할머니 사진이 실려 있었다. 잡지에 실린 사진을 마리에게 보여주었다.

—이 할머니 알아?

—마우러 할머니네. 우리 나이보다 더 오래 맥도날드에서 일한 할머니잖아.

—무려 44년간 맥도날드에서 일한 할머니지. 1973년부터 근무를 했으니까 우리가 태어나기 전부터 일한 거야.

—어떻게 한곳에서 44년간 일했을까. 매장에서 사람 대하는 일이 쉬운 게 아닌데. 오죽 클레임이 많아? 이것 달라, 저것 달라. 취소해 달라. 하나 더 달라. 콜라에 얼음을 하나 더 넣어달라. 콜라에서 얼음을 딱 하나만 빼달라는 사람도 있잖아.

—내게도 얼음을 하나만 빼달라는 사람이 있었는데.

—내게 그렇게 한 사람은 여자였어.

—난 남자였는데. 어딜 가나 그런 진상이 꼭 있지.

—어떻게 마우러 할머니는 그걸 다 참았을까. 친절하려 해도 고객이 짜증 내면 멘붕 오잖아. 매일 고객을 친절하게 대하는 것도 쉽지 않고. 속에서 욕이 튀어나오려고 할 때가 한두 번 아니잖아.

—마우러 할머니는 정규직일 거야. 그래서 고통을 다 참아냈을 거야. 정규직만 된다면 난 그런 고통쯤은 참을 수 있어.

나는 마우러 할머니에 이어 맥도날드 이야기도 했다. 미국의 맥도날드 1호점은 1955년 4월 15일 시카고에서 오픈했는데 현재까지 존재한다는 것. 한국의 맥도날드 1호점은 1988년 개설된 압구정점이라는 것. 죄다 매장에 비치된 잡지에서 읽은 내용이었다.

—어릴 적부터 난 맥도날드에 갔어. 그래서 맥도날드가 편해. 맥도날드가 있는 곳이면 어디서든 살 수 있어. 그곳이 북극이래도.

—북극에 맥도날드를 오픈한다는 상상만으로도 좋네.

—언젠가는 남극에도 생기겠지. 난 맥도날드만 있으면 북극에서도 남극에서도 살 수 있어. 맥도날드는 내게 엄마 같은 존재야.

—엄마?

—맥도날드가 나를 먹여 살렸으니까. 장례식장 앞에 있는 맥도날드에 가서 늘 혼자 햄버거를 사 먹었거든.

—어릴 적에도 그 자리에 맥도날드가 있었어?

—누나 죽고 얼마 안 돼 생겼어.

다시 오토바이에 올라 출발 신호를 보낸 뒤 액셀을 당겼다. 마리가 두 손으로 내 허리를 끌어안았다. 오토바이는 스르르 미끄러지듯 앞으로 나아갔다. 탑골공원까지 갔을 때 왼편 건물 1층에 맥도날드가 보였다. 건물과 건물 사이 좁은 공간에 들어서서인지 종각에 있는 맥도날드보다 작았다.

유턴을 해서 도롯가에 오토바이를 세웠다. 이번엔 자신이 쏜다며 마리가 가게 안으로 들어갔다. 따라오던 택시가 하필 뒤에서 멈춰 클랙슨을 울렸다. 택시를 쏘아보고는 근처를 한 바퀴 돈 다음 맥도날드 앞으로 왔다. 때마침 마리가 문을 열고 나와 반으로 자른 불고기버거를 주었다. 나는 맛있다고 했지만 마리는 소스를 너무 많이 넣어 별로라고 했다.

—같은 맥도날드인데 맛은 왜 다른지 몰라.

다시 오토바이를 타고 종로에 있을 또 다른 맥도날드를 찾아 돌아다녔다. 하지만 맥도날드는 보이지 않고 KFC와 롯데리아만 보였다. 도로를 아무리 돌아도 더 이상 맥도날드가 나오지 않아 골목길로 들어갔다. 전주집, 대구집, 목포집, 부산집, 광주집…….

골목길 양쪽으로 생고깃집이 줄지어 있었는데 테이블마다 서너 명씩 둘러앉아 고기를 굽고 있었다. 고기 타는 냄새와 숯불에서 피어오른 연기로 골목은 안개가 낀 것처럼 자욱했다. 사람들 사이로 벽에 붙여놓은 아크릴판이 보였다. 아크릴판에는 소설가 김유정이 짝사랑한 여인인 박녹주 명창이 기거했던 집이라고 쓰여 있었다.

오토바이를 몰고 전주집을 지나 생고깃집 골목으로 들어갔다. 술에 취해 테이블에 머리를 처박고 자는 남자도 있었고 양손에 술잔과 담배를 든 여자도 있었다. 담배를 든 여자는 다른 손의 잔을 들어 건배를 외치고는 단번에 술을 마셨다. 그 소리에 옆자리의 남자들도 건배, 건배, 하면서 술을 들이켰다.

이곳은 조금 전 지나온 곳과는 완전히 달랐다. 불을 환하게 밝힌 맥도날드가 골목 양쪽에 붙어 있는 것 같았는데 웃고 떠드는 사람들을 보자 가슴에서 무언가가 치밀어 올랐다. 그런 사람들을 보면 불편하면서도 한편으로는 그런 무리에 섞여 있고 싶었다. 누나가 죽은 후 나는 늘 혼자 놀았다. 친구들이 놀자고 불러도 나가지 않았다. 나가지 않자 어느 순간 친구들은 나를 부르지 않았다. 창문을 열고 내다보면 친구들은 마치 내가 보이지 않는다는 듯 없는 사람 취급했다.

—이곳은 다른 세계 같아.

마리가 말했다.

—맞아. 한밤중인데 사람이 이렇게 많다니……. 새벽 두 시인데.

골목 안으로 더 들어가자 남자들이 파란색 플라스틱 의자를 테이블 쪽으로 끌어당겨 앉으며 우리를 향해 브라보, 브라보, 소리를 질렀다. 죄송하다면서 나는 등을 돌리고 앉은 사람들에게 꾸벅꾸벅 고개를 숙였다. 그러면서 사람들의 등에 오토바이가 닿지 않도록 한쪽 발로 바닥을 끌면서 운전을 했다. 골목이 좁아 차는 들어올 수 없었고 세 사람이 나란히 걸으면 꽉 찰 듯했다. 생각보다 골목은 길었다. 조심조심 골목을 빠져나왔을 때 처마가 낮은 집들이 양쪽으로 보였다. 요양원으로 들어가기 전 외할머니가 살았던 집이 있는 골목이었다.

오토바이를 세우고 마리에게 따라오라는 손짓을 하고선 녹슨 대문을 밀었다. 찌지직, 하고 시멘트 바닥을 긁는 소리가 나면서 대문이 열렸다. 디근자형 한옥은 변한 게 없었다. 마당 한가운데에 나무 뚜껑을 덮어놓은 우물이 보였고, 나무 뚜껑 위에는 말라죽은 화분이 놓여 있었다. 그 옆 장독에는 파란색 플라스틱 바가지가 엎어져 있었다. 사람이 떠난 빈집처럼 집 안이 조용했다.

　—저기 좀 봐.

마리가 우물 왼편의 방을 가리켰다. 어두운 방에서 스탠드 불빛이 새어 나왔다. 갓에 수건을 올려놓아 스탠드 불빛은 희미했다. 불빛이 새어 나오는 곳으로 가자 마리가 옷소매를 잡아당겼다. 어딜 들어가. 우릴 도둑으로 오해하면 어쩌려고. 그만 나가자. 인기척을 느꼈는지 안에서 할머니가 문을 열고 나왔다. 누구시오? 이 시간에? 나는 오래전 이 집에 외할머니가 살았다고 말했다. 할머니는 고개를 끄덕이면서 마루에 앉으라고 했다.

　—예전엔 살기 좋았지. 나가면 바로 종로니까 구경거리도 많고 먹을거리도 많고. 청계천도 있고 롯데백화점도 가깝고 신세계백화점도 가깝고. 그러나 지금은 너무 번잡해. 대낮에 술 취한 사람이 골목에 쓰러져 있는 걸 보면 마음도 아프고.

　—이 시간에도 이 골목은 술 마시는 사람들로 대낮 같아요.

　—요즘 이곳이 핫 플레이스야. 특히 골목 앞에 있는 고깃집이 맛집이지. 나도 가끔 그곳에 가서 혼자 고기를 먹고 와. 하루는 전주집서 먹고 하루는 대구집서 먹고. 어느 땐 소주도 한잔하고.

나는 상체를 디밀고 방 안을 둘러보았다. 방은 두 사람이 누우면 꽉 찰 정도로 작았다. 벽 한쪽에 다락방이 있었는데 문에는 자물쇠가 채워진 상태였다. 방 입구에는 앉은뱅이책상과 스탠드가 있었다. 스탠드 아래에는 성경책과 묵주가 있었다. 예전엔 커 보이던 방이 희미한 불빛 때문인지 작게 느껴졌다.

—어릴 적 누나와 이 집에 자주 왔어요. 저 다락방에 들어가 놀기도 했어요.

내 말에 할머니가 미소를 지었다.

—쥐가 있어 다락방은 잠가놓았어. 쓸모도 없고. 고치려니까 돈도 많이 들어서.

—제가 어릴 적 왔을 때도 다락방엔 쥐가 살았어요. 쥐가 달그락거리는 소리를 들으며 자곤 했죠. 우물에서 누나와 물을 길어 마시기도 했고요.

할머니의 시선이 우물가로 향했다. 우리와 이야기를 하는 동안에도 할머니는 묵주 알을 하나씩 굴렸다. 책상 위의 묵주보다 알이 작고 색깔이 환했다.

—이제 우물은 물이 안 나와 못 써. 우물도 나이를 먹은 거지. 근데 이곳에 살아?

—서대문역 근처에 살아요.

―거기도 많이 변했지?

―어릴 적 풍경은 많이 사라지고 없지만 장례식장은 그대로예요.

무언가를 회상하는 표정으로 할머니는 고개를 끄덕였다.

―벚꽃이 피는 장례식장이 아직도 있나 보네. 우리 어머니도 그곳에서 장례 치렀어. 지하에서 어머니를 입관하고 지상으로 올라왔는데 벚꽃이 얼마나 환하게 폈던지. 그 순간 죽음이 덜 쓸쓸하게 느껴졌지. 올해도 그곳엔 벚꽃이 활짝 폈겠네?

―올해는 유난히 하얗게 폈어요. 장례식장 주변이 온통 하얬죠.

―나도 죽으면 그곳에서 장례 치르고 싶은데…….

나와 마리는 뜨악한 표정으로 할머니를 바라보았다. 할머니는 엷은 미소를 지으며 내게 외할머니는 살아 계시냐고 물었다. 나는 오래전에 돌아가셨다고 했다.

―외할머니도 그곳에서 장례를 치렀어요. 실은 제가 그곳에서 일해요.

―장례식장에서?

나와 마리는 맥없이 고개를 끄덕였다. 할머니는 묵주 알을 굴리며 내게 죽음이 무섭지 않냐고 물었다. 처음엔 무서웠지만 지금은 조금 나아졌다고 말했다. 일자리를 구하지 못했기에 아르바이트할 곳은 장례식장밖에 없었다는 말도 했다.

—난 이 나이가 되어도 죽음이 두려워. 어머니 장례를 치를 때 내가 죽음을 두려워하자 신부님이 그러더라고. 죽음이란 잠시 헤어지는 거라고. 그 말에도 죽음이 두려웠어. 사실 난 한때 수녀였어. 오래전 수녀원에서 나왔지만.

마리는 화들짝 놀라며 할머니를 쳐다보았다.

—어머니의 부고를 듣고 나왔다가 돌아가지 않았지.

—왜요?

—바깥세상이 그리워서. 수녀원에 있으면서도 바깥세상을 그리워했어. 지금 이 시간에 어머니는 깨어나 아침을 짓고 계시겠지. 잠시 청계천 산책을 하고 돌아와 점심을 하시겠지. 오후엔 노래 교실에 가서 친구들과 저녁을 먹고 들어오시겠지. 추석과 설에도 어머니는 쓸쓸히 지내시겠지. 크리스마스 때도 어머니는 홀로 성당에 가시겠지. 내가 늘 걸었던 청계천은 어떻게 변했을지도 궁금했어. 청계천을 함께 걷던 친구들도 그리웠고. 기도하는 와중에도 언제나 이곳을 떠올렸지.

할머니는 오래전 기억을 회상하며 감회에 젖었다. 마리가 할머니 옆으로 바짝 붙어 앉았다. 할머니는 마리의 손을 잡아주었다.

—몸만 그곳에 있었지 마음은 여기 있었던 거야. 무엇보다 신에 대한 회의가 들었어. 정말 신이 있는가에 대한 회의. 신은 한 번도 내게 모습을 보여주지 않았으니까. 신에게 모든 것을 걸고 들어갔으니까 한 번쯤은 나타나실 줄 알았거든.

스탠드 아래에 성경책과 묵주가 놓여 있는 걸 그제야 나는 이해했다. 술 취한 여자가 비 내리는 호남선 남행 열차에, 하고 유행가를 부르며 골목길을 지나갔다.

—물론 후회도 했어. 수녀원에서 기도하고 채소밭을 가꾸며 살던 삶이 그리웠어. 무엇보다 고요한 밤이. 아주 깊은 산속이라 밤이 되면 수녀원은 암흑이었지. 그땐 고요가 싫었는데 나와 보니 그립더라고. 그 고요는 아주 적막했으니까. 세상에 존재하는 건 나밖에 없다는 생각이 들 정도로. 젊어서 더 그랬을까. 존재에 대한 쓸쓸함이 아주 컸지. 신이 내 앞에 나타나지 않아 생기는 쓸쓸함이었어. 근데 그땐 머리카락 한 올 보여주지 않던 신이 이제 와 내게 나타나는 것 같아. 이 고요 속에 그분이 계시는 것 같아. 내가 별 이야기를 다 하네.

—알바를 하면서 전 수녀원에 들어갈까 생각했었어요.

할머니가 마리를 쳐다보았다. 마리는 머리를 긁적였다.

—그런데 전 아니었어요. 단지 공무원 시험에 계속 떨어지니까 도피하고 싶은 마음이 컸어요. 신에 대한 믿음이 아닌, 단

지 이 순간을 피하고 싶어서요. 도박에 빠진 아버지도 싫었고 제 알바 인생도 싫었어요. 사람들과 부딪치는 것도 싫었고요.

할머니는 그런 마음을 이해한다면서 고개를 끄덕였다.

—난 다시 태어나면 그땐 온전히 신을 향해 걸어갈 거야. 신에게 모든 것을 걸고 수녀원에서 죽을 때까지 살 거야.

나는 우물가로 가서 나무 뚜껑을 만져보았다. 내가 기억하는 어릴 적 그 뚜껑이었다. 순간 물싸움할 때면 나무 뚜껑을 들어 방패로 삼았던 누나가 떠올랐다. 내가 우물과 마당을 둘러보는 동안 할머니가 커피를 타주겠다며 몸을 일으켰다. 우리는 정중하게 커피를 사양하고 할머니의 집을 나왔다.

할머니에게 손을 흔들고 시동을 거는데 타임머신을 타고 과거로 온 것만 같았다. 이런 곳은 오래도록 남아 있으면 좋겠다는 생각을 하며 액셀을 당겨 왔던 골목으로 나갔다. 술에 취해 갈지자걸음으로 비틀거리는 남자와 부딪칠까 봐 속도를 줄였다. 아슬아슬하게 지나치는데 남자가 걸음을 멈추더니 나를 향해 욕을 퍼부었다.

—야, 개새끼야! 이 좁은 길에서 오토바이를 타고 싶냐?

꾸벅 고개를 숙이며 죄송하다고 말했다. 얼른 골목을 빠져나가기 위해 액셀을 힘껏 당겼다. 백미러로 소리를 지르는 남자가 보였다. 저 남자는 누구한테 소리를 지르는 것일까. 나도 소리를 지르고 싶었다. 이혼한 엄마와 아버지를 향해. 죽은 누나를 향해. 어쩌자고 죽어버렸냐고 누나에게 따지고 싶었다. 백미러로 작아지는 남자를 보며 급하게 골목을 빠져나오는데 마리가 내 등에 얼굴을 갖다 댔다. 천천히 가. 열 받지 말고. 진상은 맥도날드에만 있는 게 아니야. 우리가 저런 진상을 한두 번 만난 것도 아니잖아. 애잔함이 묻어나는 마리의 목소리에 나는 속도를 줄이며 동대문으로 향했다.

동대문 일대를 빙빙 돌며 맥도날드를 찾았지만 어찌 된 일인지 롯데리아만 보였다. 동대문 역시 늦은 시간인데도 쇼핑하는 중국 관광객으로 북새통을 이뤘다. 시끄럽게 서너 명씩 몰려다니는 중국인들은 한눈에 봐도 티가 났다. 건물 안에서 중국 노래가 흘러나왔다. 핫도그를 먹으며 건물 안으로 들어가는 중국 관광객들 사이로 동남아인도 보였다.

20여 분 만에 운 좋게 맥도날드를 찾아 들어갔다. 맥도날드 안도 중국 관광객 천지였다. 중국어가 이곳저곳에서 들려와 중국에 있는 맥도날드에 온 것 같았다. 관광객들 틈에서 불고기버거를 사 와 밖에서 기다리는 마리에게 건넸다. 그러나 길거리에 떠다니는 향신료 냄새 때문에 맛을 알 수 없었다.

다시 오토바이를 타고 대학로로 달렸다. 도로에 차가 없어 시속 70킬로미터까지 속도를 냈다. 오토바이는 시끄러운 엔진 소리를 내며 나아갔다. 머리 위로 환하게 뜬 달이 보였다. 마리가 조끼를 잡아당겼다. 천국상조님 속도를 줄여주세요. 제한속도는 50킬로미터입니다. 이렇게 아름다운 봄밤에는 시속 50킬로미터로 달려도 됩니다. 아니 그보다 더 천천히 달려도 됩니다. 지금은 봄밤이니까요. 마리가 내비게이션 흉내를 냈다. 일하다가 마리는 종종 천국상조님 소주 한 병 갖다 주세요, 천국상조님 땅콩 한 접시 갖다 주세요, 하고 나를 부르곤 했다. 나는 속도를 줄이면서 커브를 돌았다.

대학로는 동대문만큼 사람이 많지는 않았다. 야외공연장에서 삼삼오오 둘러앉아 기타를 치는 사람은 물론이고 소주를 마시는 사람도 있었다. 오토바이에서 내려 가로등 불빛 아래서 연극 연습을 하는 남녀 앞으로 다가갔다. 두 사람은 부부 역할이었는데 남자가 일자리를 구하지 못해 이민을 가자고 여자를 설득하는 내용이었다. 여자는 갈 수 없는 이유를 댔고 남자는 가야 할 이유를 댔다.

남자는 평생 취업도 되지 않는 곳에서 살 수 없다며 세 가지 이유를 말했다. 그 순간 남자와 눈이 마주쳤다. 남자는 갑자기 나타난 우리를 보고 움찔하다 헛기침을 하고는 대사를 이어갔다. 남자의 헛기침 소리에 여자가 우리를 쳐다보았다.

남자는 다시 이민을 가야 하는 네 번째 이유를 댔다. 나도 잠시 이민에 대해 생각을 했다. 하지만 쉽게 결론을 내릴 수 있는 문제가 아니었다. 엄마는 장례식장에서 음식을 나르는 것보다 가이드를 하는 게 낫다고 했지만 그것 또한 적성에 맞지 않았다.

—우린 가장 취업하기 힘든 시대에 사는 거 같아. 정말 이민이라도 가고 싶다.

마리가 말했다.

—우린 가진 돈이 없어 받아주지 않을 거야.

—하긴, 알바를 받아주는 나라는 없겠지.

다시 오토바이를 타고 성균관대 앞에서 좌회전을 했다. 앞쪽에서 헤드라이트도 켜지 않은 배달 오토바이가 굉음을 내며 달려왔다. 헤드라이트를 깜빡거리자 그제야 배달 오토바이는 나를 발견하고 핸들을 꺾었다. 반원을 그리며 배달 오토바이가 미끄러져 치킨 조각이 아스팔트에 나뒹굴었다. 오토바이를 몰던 남자는 한 바퀴 굴러 도로 가장자리로 쓰러졌다. 남자에게 다가가 괜찮냐고 물었다.

남자는 벗겨진 헬멧을 주워 머리에 쓰고는 이게 괜찮아 보여요, 하고 소리를 질렀다. 재수 없게 새벽부터 연놈들이 오토바이를 타고 지랄이야. 지들이 무슨 영화 속 주인공인 줄 알아. 차라리 달밤에 체조를 하지. 무슨 달밤에 오토바이냐고. 사람 열 받게. 고등학생으로 보이는 남자는 손으로 바닥을 짚고 일어나 침을 뱉고는 아스팔트에 쏟아진 치킨 조각을 주웠다.

마리와 나도 치킨 조각을 주웠다. 갓 튀긴 치킨에서는 고소한 냄새가 났다. 몇 개를 줍다 말고 남자는 치킨을 도로 아스팔트에 쏟아버리고는 오토바이를 일으켜 세웠다. 시동이 걸리지 않자 남자가 오토바이의 몸통을 발로 찼다. 에이 씨팔, 연놈들 때문에 재수 옴 붙었네. 남자는 오토바이를 끌고 다리를 절뚝이며 골목으로 들어갔다. 골목 안으로 불이 켜진 치킨집 간판이 보였다. 우리는 남자가 버린 치킨 조각까지 주워 길가의 휴지통에 던지고 오토바이에 탔다.

창경궁을 지나자 담 너머로 나무들이 보였다. 나뭇가지가 흔들리면서 바람 소리가 났다. 몸이 기울어지는 기분을 느끼며 핸들을 꽉 잡고 커브를 돌았다. 사거리를 지나 조금 달렸을 때 경복궁이 나왔다. 경복궁에서 좌회전을 해 시청을 지나 남대문으로 갔다. 더는 맥도날드가 보이지 않아 남대문을 돌아 서대문으로 향했다. 경찰청을 지나자마자 곧장 우회전했을 때 장례식장 앞의 맥도날드가 나왔다.

─히로시 아냐?

나는 마리가 가리킨 곳을 보았다. 맥도날드 앞에 빨간색 양복을 입은 히로시가 경찰관 두 명을 붙잡고 서서는 큰 소리로 이야기를 하고 있었다. 두 경찰관이 번갈아가며 집이 어디냐고 물었지만 히로시가 일본어로 답하는 바람에 알아듣지 못했다. 히로시가 발로 찬 캔이 화단에 떨어졌다.

오토바이에서 내려 히로시에게 달려갔다. 경찰관이 내게 아는 사람이냐고 물었다. 우리 집에 사는 일본인이라고 말하며 경찰관을 보냈다. 마리에게 집에 갔다 온다고 말할 사이도 없이 히로시를 부축해 횡단보도를 건넜다. 히로시는 집에 도착할 때까지 일본말로 구시렁거렸다. 아까 집에 들어가 술을 마시고 나온 모양이었다.

—고베로 돌아가려고.

—뭐?

고베는 히로시가 태어난 곳이었다. 히로시가 한국에 유학 온 사이 부모님이 고베에서 일어난 지진으로 집이 무너져 죽었다. 1995년 발생한 고베지진은 일본 지진 관측 사상 최대 규모로 이때 죽은 사람이 6300여 명에 달했는데 이 사망자 중에 히로시의 부모님도 있었다. 술을 마실 때면 히로시는 무너진 집이 떠오른다고 했다. 히로시는 늘 자신이 한국으로 유학을 오지 않았다면 부모님이 죽지 않았을 거라고 말했다. 아직도 히로시는 자기만 살아남았다는 죄책감에 시달렸다.

　―가도 아무도 없지만 돌아갈 때가 된 것 같아. 요즘 계속 고베가 꿈에 나와.

　히로시가 힘없이 말했다.

　―평생 여기서 살겠다고 해놓고.

　―그러려고 했는데…… 미안해…… 고베가 그리워…… 부모님이 죽은 고베가.

　히로시를 부축해 문을 열고 들어가자 마네킹들이 어둠 속에 서 있는 사람처럼 보였다. 나는 히로시를 소파에 앉히고 불을 켠 뒤 냉장고에서 생수를 꺼내 주었다. 물을 마시니 정신이 돌아오는지 히로시는 또 미안하다고 말했다.

　―무슨 일이야?

　아버지가 따라 들어오며 물었다. 히로시가 술을 마셨다고 했다.

　―언제 술을 마시고 나갔지?

　―아버지랑 마신 거 아냐?

　―난 책 읽고 있었지.

　―그럼 히로시가 고베로 돌아간다는 것도 모르겠네?

　―금시초문인데.

　히로시는 아버지에게 두 달 후 고베로 떠날 계획이라고 했다. 20년 가까이 우리 집에서 함께 살았는데 별다른 이유도 없이 갑자기 돌아간다고 한 것이다. 내가 모르는 사이 히로시에게 변화가 생긴 것 같았다.

어쨌거나 지금은 그게 중요한 게 아니었다. 나는 맥도날드로 뛰어갔다. 마리는 오토바이 옆에 쪼그려 앉아 비닐봉지를 손톱으로 쭉쭉 긋고 있었다. 비닐봉지 곳곳이 칼로 가른 듯 찢어져 있었다.

—나를 버려두고 가?

마리가 시큰둥한 목소리로 말했다.

—버려두긴 누가 버려둬.

—나한테는 버려둔 거나 마찬가지야. 엄마도 전에 나한테 이랬는데.

마리의 얼굴이 어두워졌다.

—술에 취한 히로시를 길바닥에 두고 갈 순 없잖아.

미안하다고 해도 마리는 움직일 생각을 하지 않았다. 고베로 돌아가겠다는 히로시의 말에 충격을 받아 늦었다고 설명해도 그건 자신과는 상관없는 일이라며 비닐봉지를 내던졌다. 기분을 풀어주기 위해 마리의 소매를 잡아끌며 남산에 올라가자고 했다. 마지못해 마리가 자리에서 일어났다.

마리를 오토바이에 태운 뒤 시동을 걸었다. 기분이 완전히 풀리지는 않았는지 마리는 내 허리를 끌어안지 않고 양손으로 옷자락만 잡았다. 속도를 높였을 때에야 두 손으로 허리를 끌어안았다. 마리의 몸이 등에 닿는 게 느껴졌다. 혼자 타고 다닐 때는 등이 시렸는데 마리가 그 공간을 채워주었다. 마리의 체온을 느끼며 오토바이를 몰았다. 무게 때문에 혼자 탈 때보다 속도는 나지 않았으나 대신 안정감이 있었다. 오토바이는 부드럽게 달리다 얼마 가지 못하고 도로 한가운데 멈춰 섰다. 맞은편에서 오던 트럭이 우리를 발견하고 헤드라이트를 서너 번 깜빡였다. 트럭이 굉음을 내며 지나간 뒤 오토바이를 끌고 갓길로 갔다.

—기름이 떨어졌어.

—기름이?

—아버지가 기름 넣는 걸 깜빡했나 봐.

—기름 확인도 안 하고 끌고 나온 거야?

—당연히 있을 줄 알았지.

마리가 뒤에서 오토바이를 밀었다. 10분쯤 끌고 가자 등줄기에 땀이 나 오토바이를 갓길에 세웠다. 주행하다 기름이 떨어진 건 이번이 두 번째였다. 첫 번째는 마포에서 기름이 떨어져 서대문까지 끌고 갔었다. 마리는 언제 이렇게 도로를 활보해보냐며 다시 오토바이를 밀었다. 하지만 얼마 못 가 허리가 아프다며 멈춰 섰다. 어깨에 멘 가방이 무거워 보여 내게 달라고 하자 괜찮다고 했다. 빵! 빵! 택시가 거칠게 클랙슨을 울리며 지나갔다. 그나마 차들이 많지 않아 다행이었다.

20여 분을 더 끌고 가다 주유소를 발견하고 들어가 기름을 넣었다. 가득 넣자 사천 원이 나왔다. 아버지 카드로 결제하고 주유소 한쪽의 자판기에서 캔 커피를 두 개 뽑아 하나씩 나눠 마셨다. 그러고는 남산으로 오토바이를 몰았다.

구불구불한 도로를 따라 올라가는데 마리가 소리를 질렀다. 덩달아 나도 소리를 질렀다. 남산도서관을 지나 공원 앞까지 갔을 때 바리케이드가 쳐져 더는 올라갈 수 없었다. 마리는 오토바이에서 내려 바리케이드를 옆으로 밀어놓고 다시 올라탔다. 남산 꼭대기로 올라가는 길은 도로까지 뻗어 나온 나뭇가지들로 둘러싸여 있었다. 오토바이 불빛이 비치자 나뭇가지들은 '천인천수(千人千手)'처럼 꿈틀꿈틀 밤하늘로 뻗어 올랐다. 나뭇가지들을 뚫고 끝까지 올라갔을 때 달빛이 비치면서 정상이 나왔다.

남산에는 사람 하나 보이지 않았다. 오토바이를 세우자 마리가 헬멧을 벗고 벚나무 쪽으로 가더니 산 아래를 내려다보았다. 바람에 꽃잎이 떨어졌다. 마리가 혀를 내밀어 떨어지는 꽃잎을 받아먹었다. 나도 마리를 따라 혀로 떨어지는 꽃잎을 받았다. 꽃잎에서 살냄새가 났다. 그것은 목조르기 게임을 하고 났을 때 누나의 몸에서 나던 냄새였다. 나는 꽃잎을 씹어 먹으며 가지를 잡고 흔들었다. 비 오듯 꽃잎이 우수수 떨어졌다. 어디서 나타났는지 고양이가 우리를 쳐다보고는 구석의 쓰레기통으로 달려갔다.

―남산타워에 올라가는 사람 보면 촌스럽다고 생각했는데 지금 보니 내가 촌스러웠네. 서울 시내가 이렇게 아름다운 줄 알았다면 진작 올라왔을 텐데. 이 아래 대학에 다닐 때도 안 와봤거든.

마리는 두 팔을 쫙 펴고 빙그르르 돌았다. 나는 헬멧을 벗어 턱끈을 잠근 후 팔뚝에 끼고 시내를 내려다보았다. 누나와 남산에 올라온 것은 엄마가 일본으로 가이드를 나간 날이었다. 집에서 서울역까지 간 다음 도로 가장자리를 따라 남산으로 올라갔다. 누나가 걸음을 멈출 때마다 나는 손을 잡아끌었다. 내 손에 이끌려 누나는 마지못해 정상까지 걸었다. 정상에 도착했을 때 가장 먼저 매점에 들어가 콜라를 한 병 사서 누나에게 주었다. 콜라를 마시고 누나는 다신 남산에 오지 않겠다고 했지만 시내를 내려다보면서 언제 그런 말을 했냐는 듯이 폴짝폴짝 뛰며 좋아했다.

―저것은 덕수궁, 저것은 경복궁, 저것은 인왕산.

나는 손가락으로 가리키며 누나가 알려준 것을 마리에게 설명해주었다. 차 한 대가 시끄럽게 도로 위를 질주했다.

—장례식장도 보이네.

—어디?

—저 건물 아래가 장례식장이야. 서울역도 보이고. 광화문도 보이고. 교보빌딩도 보이고.

나는 누나와의 기억을 더듬으며 주변을 돌다 열쇠광장으로 갔다. 난간에는 자물쇠들이 전복처럼 다닥다닥 붙어 있었는데, 그 자물쇠들은 마치 다른 자물쇠의 등을 밟고 하늘로 올라가려는 것처럼 보였다. 자물쇠 전면에는 매직으로 사람들의 이름이 쓰여 있었다.

—기모영 강이라, 장호철 고아라, 윤호용 전소양, 이성경 이미란…… 대혁이 유진이, 고재필 이숙희, 이상진 오명자, 한성래 정강혜, 이영진 고유라, 유정 재덕 진석…….

우리는 자물쇠에 적힌 이름을 하나씩 부르며 걸어갔다. 내가 먼저 쓰인 이름을 부르면 마리가 그 아래 쓰인 이름을 불렀다. 남자 이름이 앞에 쓰인 것도 있었고 여자 이름이 앞에 쓰인 것도 있었다.

—이번엔 내가 먼저 해볼게.

마리가 내 안쪽으로 들어와 자물쇠에 쓰인 이름을 불렀다.

―장성욱 장 차메인, 송지영 윤석중, 혁순 재옥, 손성남 성운 춘자 덕주, 인식 재자…… 박영준 김지연 박승경, 윤명희 쭈쭈 달콩, 고건혁 김주미, 김형주 구찌 띠올 보리…….

우리는 이름을 부르면서 자물쇠에 손을 대고 걸어갔다. 잘 보이지 않는 건 손으로 닦고 읽었다. 다 돌았을 때 손은 녹으로 번들번들했다. 뒤따라온 마리의 손도 마찬가지였다. 한강을 따라 서 있는 강남의 아파트에 하나둘 불이 켜졌다.

―사람들은 왜 이렇게 자물쇠를 매달아뒀을까.

마리가 물었다.

―사랑의 약속을 하고 그 약속을 자물쇠로 가둬둔 거래. 그래서 사랑의 자물쇠라고 부르는 거. 죽을 때까지 열리지 않도록 자물쇠로 잠근 거지.

―이게 다 서울 시민의 것일까?

―인근 지역에서도 왔겠지. 지방에서도 오고. 이름을 보니까 연인도 있지만 가족도 있고 친구도 있는 것 같아. 전에 같이 일하던 알바도 이곳에서 사랑의 자물쇠를 채웠는데. 아까 그 알바 이름을 찾아봤지만 결국 실패했어. 근데 특이한 이름 봤어.

―특이한 이름?

―구찌 띠올 보리. 보리는 그렇다 쳐도 구찌는 사람 이름

이 아니겠지? 띠올도 그렇고.

　ー전에 내 친구가 키우던 반려견이 구찌였는데. 주인의 성이 고씨여서 늘 고구찌, 고구찌, 하고 불렀어.

나는 다시 다닥다닥 붙은 자물쇠를 바라보았다.

　ー우리가 자물쇠에 적힌 이름을 한 번씩 불러줬으니까 이들은 영원히 행복할 거야. 그런 의미에서 우리 이름도 불러볼까?

　ー다음에. 우리에겐 아직 시간이 많잖아.

나는 마리를 오토바이에 태우고 남산을 내려갔다. 내려갈수록 남산 자락의 집들도 하나둘 불을 켰다. 커브를 돌 때마다 마리의 몸이 쏠려 내 몸이 앞으로 기울었다. 다닥다닥 붙은 건물들을 따라 내려가자 남대문시장이 나왔다.

남대문시장은 트럭에서 짐을 내리는 사람들로 북적였다. 오토바이에 짐을 싣는 사람도 보였다. 여기저기서 길가에 주차한 차를 빼라고 소리를 질렀다. 내가 오토바이를 갓길에 세우려는 줄 알고 트럭 앞에 서 있던 남자가 두 손을 겹쳐 엑스 자 표시를 했다.

신세계백화점과 롯데백화점을 지나는데 택시가 내 옆을 빠르게 스치고 지나갔다. 깜짝 놀라 클랙슨을 울리자 택시가 우회전을 했다. 계속 클랙슨을 울리며 따라가고서야 운전사는 미안하다는 표시로 비상등을 깜빡이더니 창을 내리고 손을 흔들었다. 나는 속도를 줄여 청계광장 앞에 오토바이를 세웠다. 소라탑 아래로 물이 흐르는 청계천이 보였다.

　─저게 뭐지?

　마리가 청계천에 하얗게 떠 있는 것을 가리켰다. 오토바이를 길가에 세워놓고 마리와 계단을 내려갔다. 물에는 등이 여기저기 떠 있었다. 등을 따라 모전교를 지나 광통교까지 걸어갔다. 광통교 아래에는 만화 주인공들이 물 위에 서 있었다. 로봇 태권브이도 있었고 날개를 활짝 펴고 서 있는 공작도 보였다. 하늘을 향해 두 팔을 활짝 펼친 마징가와 짱가도 있었다. 원더우먼과 독수리 오형제는 서로 마주 보고 있었다. 물 가장자리에 있는 은하철도 999를 따라 내려갔을 때 수십 마리의 물고기가 보였다. 팔뚝만 한 물고기들이 꼬리를 치며 물살을 따라 내려갔다.

　손으로 등을 치자 물고기가 수면 위로 튀어 올랐다. 마리도 재미를 붙여 물고기의 등을 쳤다. 금세 수면에는 물고기들이 파다닥거리는 소리로 가득 찼다. 물고기들은 물살이 세지면 빨리 움직였고 물살이 느려지면 천천히 움직였다. 바람이 불 때마다 물고기들은 서로 몸을 부딪치며 싸아악, 싸아악, 소리를 냈지만 투명한 실로 연결되어 있어 따로 움직일 수는 없었다. 그런데도 계속 물고기 한 마리가 수면 위로 튀어 올랐다. 유난히 큰 물고기였는데 비늘이 온통 회색빛을 띠었다. 물속에 잠긴 실을 찾아 손으로 끌어당겼다. 포도알처럼 물고기들이 딸려오며 꼬리를 쳤다.

물고기의 배에 연결된 실을 바닥에 놓고 돌을 집어 내리찍었다. 실이 끊어지면서 회색 물고기는 꼬리지느러미로 수면을 차고 날아올랐다. 내 얼굴에 튄 물방울을 닦고 잘 날아갈 수 있도록 물고기의 배를 밀어 올렸다. 물고기는 내 머리 위를 지나 청계천 빌딩을 타고 20여 층까지 날아올랐다.

─저쪽으로 가고 있어.

마리가 다급한 목소리로 말했다.

─어디?

─소라탑 쪽으로.

마리와 소라탑으로 뛰어가면서 물 위에서 헤엄치는 물고기들을 돌아보았다. 날아가려고 물고기들은 꼬리를 쳤으나 스스로 줄을 끊지는 못했다. 물고기들이 꼬리로 수면을 차는 소리가 시끄럽게 들려왔다. 마리가 내 손을 잡아끌고 하늘을 가리켰다. 바람을 타고 물고기는 하늘을 날아갔다. 물고기는 물에서보다 하늘에서 더 빠르게 헤엄을 쳤다. 소라탑 위에서 물고기는 광화문 쪽으로 날아갔다. 배 밑에 매달린 투명한 실이 이리저리 흔들렸다.

—저 물고기를 잡자.

우리는 계단을 올라가 오토바이를 세워둔 곳으로 뛰어갔다. 우유 배달 트럭이 지나간 뒤 오토바이에 마리를 태우고 물고기를 따라갔다. 물고기는 꼬리를 살랑살랑 치며 시속 30킬로미터 정도로 날아갔다. 나는 물고기가 날아가는 속도에 맞춰 액셀을 조절했다. 물고기 너머로 경복궁이 보였다. 낮이면 그렇게 많던 차들이 한 대도 보이지 않아 클랙슨을 눌렀다. 빵, 빵, 빵. 클랙슨 소리가 사방으로 울려 퍼지자 저절로 함성이 터졌다.

—물고기가 방향을 바꿨어.

마리가 소리를 질렀다.

—어느 쪽?

—왼쪽이야. 왼쪽으로 틀어. 틀라고.

—안 보이는데?

—지금은 네 머리 위쪽으로 가서 안 보여. 내 말만 믿고 그냥 틀어.

물고기를 놓칠까 봐 신호를 무시하고 경복궁 앞에서 왼쪽으로 핸들을 틀었다. 바람을 따라 물고기는 사직공원 쪽으로 가고 있었다. 꼬리를 흔들 때마다 물고기가 지나간 하늘에는 하얀 실 같은 흔적이 생겨났다. 물고기를 따라잡기 위해 사직공원을 끼고 우회전을 해서 단군성전으로 올라갔다. 날아가는 물고기와의 거리는 점점 좁혀졌다. 단군성전에서 인왕스카이웨이를 따라 올라갔다.

속도를 올리라는 마리의 재촉에 최대한 액셀을 당겼지만 오르막길이라 생각만큼 속도가 나지 않았다. 운 좋게 물고기를 추월해 산 중턱에 오토바이를 세웠다. 정면에서 물고기가 날아오고 있었다. 마침내 내가 있는 쪽으로 물고기가 날아왔을 때 두 손을 뻗었다. 물고기는 꼬리로 내 손을 치며 솟아올랐다. 갈고리처럼 휘어진 나뭇가지를 주워 물고기의 등을 낚아채 끌어당겼다. 조금 딸려 오다 물고기는 꼬리를 치며 더 위로 올라갔다. 우리는 멍하니 물고기가 인왕산으로 날아가는 것을 바라보았다.

— 낚싯대를 던지면 잡을 수 있을까.

마리가 오른손을 크게 휘저어 하늘에 낚싯대를 던지는 시늉을 했다. 낚싯줄이 칼끝처럼 둥그렇게 선을 그리며 퍼졌다. 나도 마리를 따라 오른손을 빙빙 돌려 낚싯줄을 던졌다. 마리가 던진 것보다 더 둥근 원을 그리며 물고기의 등을 때렸다. 물고기는 등을 휘감은 낚싯줄을 털어내고 인왕산 너머로 날아갔다.

—넌 무슨 일을 하고 싶어?

마리는 바닥에 쪼그려 앉아 돌을 하나 주워 던지며 물었다.

—특별히 하고 싶은 건 없어. 내가 하고 싶은 게 있다고 해서 나를 받아주는 회사도 없고.

—난 공무원이 되고 싶어. 다섯 번이나 떨어진 걸 보면 공부에 재능이 없는 것 같지만.

—재미없는 세상이야.

—진짜 재미없는 세상이야. 우리는 산 사람들이 있는 곳에서 일하지 못하고 죽은 사람들이 있는 곳에서 일하니까. 이곳마저 잘리면 어디로 가야 할까. 설마 화장터나 무덤을 지키는 알바를 해야 하는 건 아니겠지?

—그럴지도 모르지.

인왕산 아래의 아파트에도 하나둘 불이 켜지고 있었다. 투명한 실에 매달린 물고기들이 날아오를 것 같아 청계천을 바라봤지만 하늘은 고요했다. 나는 고요한 하늘을 바라보다 어릴 적 할머니가 서점을 운영했다고 말했다.

—할머니는 할아버지와 사별 후 새벽 다섯 시에 일어나 서점 문을 열고 밤늦게까지 책을 파셨지. 열 평 정도 되는 작은 동네 서점이었어. 그곳에 갈 때마다 서점에서 일하고 싶다는 생각을 했지만 할머니가 돌아가신 후에 아버지가 다른

사람에게 넘겼어.

  —책을 파는 일은 낭만적일 것 같아.

  서점 일이 낭만적이진 않았다. 지나가는 사람들만 쳐다보는 날도 있었고 책에 쌓인 먼지만 터는 날도 많았다. 하루 종일 손님 하나 없을 때도 있었다. 그런 날이면 할머니는 의자에 앉아 이런저런 잡지를 뒤적이다 꾸벅꾸벅 졸았다.

  —저것 봐.

  마리가 인왕산을 가리켰다. 인왕산을 넘어갔던 물고기가 바람을 타고 다시 날아왔다. 물고기는 인왕산 주변을 맴돌면서 꼬리를 흔들었다. 꼬리를 흔들 때마다 물살이 일어 주변이 환해졌다. 물고기는 하늘을 헤엄쳐 다니다 또다시 인왕산 너머로 날아갔다.

  —어쩌다 나는 여기까지 흘러왔을까. 돌이켜 보면 난 안 해본 알바가 없어. 편의점, 카페, 레스토랑, 노래방, 가구점, 만홧가게, 과일가게……. 시급 육천 원대에서부터 만 원대까지 다 해봤어. 육천 원과 만 원 사이를 오가다 장례식장까지 온 거야. 이러다 알바가 평생직장이 될까 두려워.

  —나도 그래.

  내가 동의하자 마리는 말을 이었다.

  —남들이 보면 장례식장에서 알바하는 내가 한심하겠지.

젊은 애가 그런 일을 한다고 친구들도 이상한 사람 취급했으니까. 하지만 우리도 언젠가 저 물고기처럼 훨훨 날아가는 날이 오겠지.

—우리에게도 그런 날이 올 거야. 저 물고기도 자신이 날아갈 줄은 꿈에도 몰랐을 테니까. 우리도 언젠가는 정규직 일자리를 얻을 거야. 물고기처럼 훨훨 하늘을 날아갈 거야. 산 사람들이 있는 곳에서 일할 날이 올 거라고.

졸음이 몰려오는지 마리는 두 팔을 올려 기지개를 켰다. 혹시나 하고 인왕산 꼭대기를 쳐다봤지만 다시 물고기가 날아오지는 않았다. 마리는 곧 전철이 다닐 시간이라며 자리에서 일어났다. 인천행 첫 전철이 몇 시냐고 물었다.

—종각역에서 다섯 시 이십오 분. 이번엔 내가 운전할게.

—할 줄 알아?

—분식집 알바할 때 오토바이 배달도 했어.

마리는 핸들을 잡고 오토바이 앞좌석에 앉았다. 별수 없이 마리 뒤에 탄 후 허리를 끌어안았다. 마리는 부드럽게 액셀을 당겼다. 누군가의 뒤에 오토바이를 탄 건 처음이었다. 아버지 뒤에 탄 적도 없었다. 커브를 돌 때마다 내 몸이 마리의 몸을 따라 기울어졌다. 오토바이는 산길을 내려가 광화문을 지나 종각역 쪽으로 갔다. 앞쪽에서 택시가 하나둘 몰려왔고 뒤쪽에서는 새벽부터 출근하는 차들이 따라왔다. 그사이 우리가 돌아다녔던 시내에는 새벽이 와 있었다.

마리는 종각역 6번 출구 앞에 오토바이를 세웠다. 마리가 헬멧을 건네고 지하 계단을 내려간 뒤 나는 영풍문고를 한 바퀴 돌아 집으로 향했다. 아버지는 식탁 앞에 앉아 있었다.

—안 자고 나 기다린 거야?

—영천시장 갔다 왔어. 오다 보니까 할머니가 하던 서점 자리에 카페가 들어섰더라.

—요즘은 어딜 가든 카페만 생겨. 카페라면 완전히 실내가 바뀌었겠네?

—서점의 뼈대는 유지했더라고.

—나중에 쉴 때 놀러 가야겠다. 히로시는 괜찮아?

—술 깨느라 꼬박 밤을 새웠지. 지나간 이야기하면서. 히로시가 돌아간다고 하니 쓸쓸하네. 요즘 부쩍 향수병에 시달렸나 봐.

아버지는 히로시가 아죽사 모임을 하면서 조금씩 부모님의 죽음을 받아들였다고 말했다.

—아죽사가 좋은 역할도 하네. 만날 조문만 가는 줄 알았더니.

—조문을 다니면서 히로시는 예전보다 죽음을 덜 두려워

했어. 부모님의 죽음으로 인해 무척 죽음을 두려워했거든. 빨간색 옷을 입고 다니는 것도 죽음이 두려워서고. 그런데 언제부터인지 삶의 끝에 죽음이 있듯 만물에도 시작과 끝이 있다는 걸 깨달았나 봐.

아버지는 식탁에서 일어나 찌개에 불을 켰다. 나는 햄버거를 많이 먹어 배가 부르다고 말하고는 방으로 들어가 조끼도 벗지 않고 침대에 엎어졌다. 아버지의 실내화 끄는 소리가 점점 멀어졌다.

4

팀장은 땅콩 접시를 상에 놓고 아버지 옆에 앉았다. 뜻밖의 만남에 팀장은 들뜬 얼굴로 아버지와 장례식장에서 일어났던 이야기를 주고받았다. 상주가 열 시간 넘게 운 이야기부터 시작해서 상주끼리 싸운 이야기, 상주가 발인 날이 되어도 나타나지 않은 이야기, 죽은 이의 관이 바뀐 이야기, 아버지가 상주 대신 조문객을 받다 쓰러진 이야기까지 했다.

아버지는 아죽사 모임을 시작하면서 장례식장 일을 그만두었다. 그러고는 연금과 함께 히로시의 방세로 생활했다. 내가 대학을 졸업한 후라 크게 돈 들어갈 일이 없는 게 다행이었다.

─가족 없이 혼자 생을 마감하는 죽음이 가장 쓸쓸한 것

같아요.

아버지는 팀장에게 뒷집 아저씨의 죽음에 대해 설명했다. 김치를 담그려고 배추를 사 오다 고개를 숙인 채 의자에 앉은 아저씨를 보고 이상해서 갔는데 숨져 있었다는 것이다. 아저씨는 늘 현관 밖에 의자를 내놓고 마네킹처럼 앉아 오래전 자녀를 데리고 플로리다로 간 부인을 기다렸다. 비가 오는 날에도 눈이 오는 날에도 아저씨는 의자를 떠나지 않았지만 부인은 오지 않았다. 집을 비운 사이 부인이 올까 봐 아저씨는 아죽사 모임 외에는 외출도 하지 않았다. 그런 아저씨가 부인을 기다리다 의자에 앉은 채 죽은 것이다.

—아저씨가 그렇게 허무하게 가실 줄 몰랐어요. 아저씨 휴대폰을 뒤져 부인에게 전화했는데 오지 않겠대요. 자녀들도. 그러면서 내게 장례를 부탁하더군요. 집은 변호사를 통해 팔겠다면서.

—차가운 사람이네요. 마지막 가는 얼굴이라도 봐야지.

—알고 보니 부인은 아저씨와 이혼을 준비하고 있었더군요. 부인이 전화를 끊기 전에 말하지 않았다면 몰랐을 거예요. 돌이켜 보니 아저씨는 부인의 이혼 준비에 충격을 받은 것 같아요.

—부인에게 남자가 생겼네.

―그럴 분이 아니에요.

　―그럴 분이 따로 있나요. 떨어져 살다 보면 그렇게 되는 거지. 그렇지 않고서야 이혼을 요구하겠어요. 근데 김 씨 아저씨가 왜 저리 창밖을 기웃거리지.

　―화환 배달하러 왔나 보죠.

　―똥 마려운 강아지처럼 왜 저러는지 모르겠네요.

　아버지는 팀장에게 술을 따라주면서 장례식은 조촐하게 치를 거라고 했다. 아죽사 모임에서 아저씨가 미리 유언을 남겼다는 것이다. 자신이 죽으면 사람들 귀찮게 부르지 말고 조용하게 치러달라고. 팀장은 사람들이 장례식을 인맥 과시용으로 삼는 걸 볼 땐 씁쓸하다고 했다. 상주는 부고 전화 돌리기에 바쁘고 장례 절차가 마무리됐다 싶으면 조문객을 받느라 슬퍼할 겨를도 없는 게 장례식장 풍경이었다.

　―근데 이 집은 너무 조용하네. 부고 전화 돌리는 사람도 없고. 유족이 없는 장례식이라니……. 저도 죽으면 사람들에게 알리지 말고 장례를 치르라고 유언을 남길 거예요. 울면서 태어났지만 죽을 땐 조용히 떠나고 싶어. 왔다 간 흔적조차 없이. 그래서 말인데 저도 아죽사 모임에 참석하려고요.

　아버지가 땅콩을 입에 넣다 팀장을 쳐다보았다. 나는 팀장을 향해 엄지손가락을 들어 보였다.

―팀장님이 모임에 들어가면 제가 임종체험센터에 끌려갈 일도 없겠네요. 아버지는 도와줄 사람이 부족하다고 절 부르거든요. 물론 평균 연령도 낮아질 테고. 양평 드라이브하고 와서 사이가 좋아졌군요.

팀장은 땅콩을 하나씩 까 아버지 앞에 있는 접시에 놓았다. 아버지가 땅콩을 먹자 팀장의 얼굴에 미소가 어리면서 손놀림이 빨라졌다.

―오토바이를 타고 한강 변을 달리는 건 낭만적인 일이야. 물소리도 좋고 바람 소리도 좋고. 덕분에 얼굴이 탔지만. 고기도 썰고 멋진 데 가서 커피도 마셨지. 레일바이크도 탔어. 헨리도 탔다던 그 레일바이크 말이야. 왜 TV에 나오는 외국인 있잖아?

―아, 헨리.

―네 아버지가 헨리보다 멋지더라. 오토바이 운전하는 것도 네 아버지가 가르쳐줬어. 레일바이크 타고 나서 30분간 개인 강습 받았지. 장례식장을 벗어나니까 정말 사는 것 같았어. 사람은 어디서 일하는지가 중요해. 우리 같은 곳에서 일하면 삶이 좀 어둡잖아. 늘 죽음을 보니까 그럴 수밖에 없지만. 하지만 이번에 보니까 한 달에 한두 번은 오토바이 타고 드라이브를 가야 할 것 같아.

—손은 잡아보고요?

　팀장이 나를 쳐다보았다.

　—그걸 말이라고 하니.

　나는 팀장이 까놓은 땅콩을 하나 집어 입에 넣었다. 상주가
없는 빈소인 데다 조문객도 없어 팀장은 아버지와 주거니 받
거니 소주를 마셨다. 술이 들어가자 팀장은 엉덩이를 들어 아
버지 옆으로 붙어 앉았다. 아버지는 헛기침을 하고 엉덩이를
틀었다.

　—오늘도 마리한테 오렌지 갖다 줬니?

　둘이 이야기를 나누도록 자리에서 일어나는데 아버지가
물었다.

　—아직 안 줬는데……. 내가 오렌지 갖다 주는 걸 어떻게
알았어?

　—아침마다 과일이 없어지니까 알지. 하루는 오렌지, 하루
는 바나나, 어떤 날은 사과……. 처음엔 네가 먹나 했는데 어
느 날 보니 그게 아닌 것 같았어. 네가 식탁 과일 바구니에서
오렌지를 집어 주머니에 넣는 걸 봤거든.

　팀장이 손등을 탁 치며 나를 잡아 앉혔다.

　—이 앙큼한 것들. 장례식장에서 연애를 하다니.

　내가 손을 내젓자 팀장이 또 손등을 때리며 일 끝나고 무엇

을 했냐고 물었다.

—맥도날드에 갔어요.

—그 시간에?

—맥도날드에 앉아 장례식장도 보고 지나가는 사람도 구경하고. 졸음이 쏟아지면 시내를 돌아다녔죠. 오토바이를 타고 남산과 청계천도 갔어요.

—그 밤에 오토바이를 타고 서울 시내를 돌아다녔다고?

팀장은 부러운 표정으로 아버지의 무릎에 손을 올려놓았다. 아버지는 내 눈치를 보며 팀장의 손을 밀어냈다. 손톱에 칠한 분홍색 매니큐어가 눈에 들어왔다. 아버지와 양평으로 드라이브를 가기 전에 바른 모양이었다. 나는 아버지에게 오토바이를 타고 외할머니가 산 집에도 갔다고 했다. 아직도 그 집이 있더냐며 아버지가 놀라워했다.

—맥도날드를 찾아다니다 길을 잘못 들어 골목으로 진입했는데 외할머니가 살았던 집이 나온 거야.

—외할머니 집을 기억해?

—익선동이잖아. 집은 그대로 있어. 다락방도 그대로고. 마당에 있던 우물도 그대로야. 지금 그곳엔 어떤 할머니가 혼자 사시더라고. 그 할머니 경력이 특이해. 한때 수녀였대.

—세상엔 종종 그런 사람들이 있지. 어떤 할머니인지 참

궁금하다. 그나저나 오토바이가 그 골목까지 들어갈 수 있어?

―오토바이가 못 가는 곳이 어딨어.

팀장이 주방에서 그릇을 정리하던 마리를 불렀다.

―밤에 둘이 오토바이 타고 익선동까지 갔다면서?

―그걸 어떻게……?

마리가 얼굴을 붉혔다.

―재호가 말해서 알았지. 조문객도 없으니까 마리 너도 여기 앉아. 우리가 언제 이렇게 셋이 편히 앉아 수다를 떨겠니. 그나저나 언제부터 일 끝나고 시내를 돌아다닌 거야? 마리는 집에 안 갔어?

―집이 동인천이라서…….

―동인천? 상수동이라고 했잖아?

마리는 머리를 긁적이며 내 옆에 앉았다.

―동인천에 산다고 하면 절 쓸 것 같지 않아서요.

―그랬구나.

―죄송해요.

―죄송은 무슨……. 일이 늦게 끝나서 늘 걱정했는데.

아버지는 마리에게 이 일을 언제부터 했느냐, 일은 할 만하냐, 앞으로도 쭉 할 생각이냐고 물었다. 공무원 시험에 붙을 때까지 마리는 이 일을 하겠다고 했다. 아버지와 팀장은 아르바이트하랴 공부하랴 힘들겠다며 마리를 격려해줬다.

—요즘은 취업하기가 하늘의 별 따기야. 그래도 열심히 하면 공무원 시험에 붙을 거야. 공무원만 한 직업이 어딨어.

이야기는 주로 아버지가 했고 나와 마리는 듣는 쪽이었다. 가끔 아는 이야기가 나오면 나와 마리가 한마디씩 덧붙였다. 장례식장인 것도 잊고 팀장은 아버지를 쳐다보며 미소를 지었다.

한창 이야기를 하고 있는데 엄마가 들어왔다. 자리에서 벌떡 일어나 나도 모르게 엄마, 하고 불렀다. 엄마는 내게 손을 들어 보였다. 아버지도 놀랐는지 고개를 돌려 엄마를 쳐다보았다. 팀장은 당황한 눈빛으로 안절부절못하며 자리에서 일어났다. 덩달아 아버지도 일어났다. 엄마는 아버지 옆에 있는 팀장을 보고는 얼굴을 찡그리고 빈소로 갔다. 빈소에서 절을 하고 나와 우리 쪽으로 온 엄마한테 어떻게 알고 왔냐고 물었다. 엄마는 아버지가 알려줬다고 했다.

—언제부터 엄마가 아저씨를 생각했다고.

엄마를 보면 말이 곱게 나오지 않았다. 좋게 말을 하려 해도 마음과 다르게 말투가 거칠어졌다. 엄마는 내 말투 따위 신경조차 쓰지 않고 왜 이리 빈소가 작냐며 투덜댔다. 아저씨

의 유언대로 가장 작은 곳을 잡았다고 해도 엄마의 투덜거림
은 그치지 않았다. 1층에서 가장 작은 빈소가 103호였다. 나
는 엄마에게 가이드 일을 안 갔냐고 물었다.

—이번 주는 쉬었어. 공항에서부터 사람들 끌고 다니는 것
도 피곤하고.

—재밌다면서?

—나도 나이가 들었나 봐. 근데 계속 이렇게 서서 이야기
할 거야?

엄마는 주위를 둘러보다 아버지 옆으로 가서 앉았다. 아버
지 오른쪽에는 팀장이, 왼쪽에는 엄마가 앉은 모양새였다. 아
버지와 엄마는 어딘가 어울리지 않는 조합이었다. 엄마는 키
가 컸지만 아버지는 작고 마른 체형이었다. 부부가 아니라 엄
마는 한참 어린 남동생과 앉아 있는 것처럼 보였다. 아버지와
엄마 구도보다는 아버지와 팀장 구도가 더 부부 같았다.

엄마는 아버지 앞의 접시를 하나씩 끌어당겨 자기 앞에 놓
았다. 그걸 본 아버지가 팀장 앞에 있는 떡을 들어 엄마 앞에
놓아주었다. 엄마는 떡을 하나 먹고는 히스테릭한 목소리로
팀장에게 아버지와 같이 일했던 사람이냐고 물었다. 팀장이
고개를 끄덕이자 엄마가 빤히 쳐다보았다. 나는 엄마에게 이
런 무례가 어딨냐고 따졌다.

—들어올 때 보니까 팀장이 네 아버지 옆에 딱 들러붙어 있길래 좋아하나 싶어서.

　팀장의 얼굴이 굳어지는 걸 보고 내가 목소리를 높였다.

　—그게 엄마와 무슨 상관이야? 엄마는 이혼하고 다른 남자와 살면서 아버지가 다른 여자를 만나는 건 왜 못 보는데?

　—네 아버지는 나밖에 몰라. 네 아버지의 아내는 나야. 네 엄마는 나고.

　내가 엄마의 아들인 건 맞지만 아버지의 아내가 엄마라는 건 납득이 되지 않았다. 법적으로 두 사람은 완전히 남남이었다. 그런데 아내라니. 이혼한 부부도 아내라는 호칭을 쓸 수 있단 말인가.

　상황이 꼬여가는데도 아버지가 가만히 있자 화가 난 팀장은 자리에서 일어나 주방으로 가버렸다. 엄마는 육개장을 먹으면서 편육을 집어 아버지 접시에 놓아주었다. 그러고는 빈 접시를 들어 보이며 팀장에게 편육을 더 달라고 했다. 팀장이 플라스틱 접시에 편육을 담아 엄마 앞에 던지듯이 내려놓고 갔다. 접시에서 편육 한 점이 떨어졌다. 엄마는 상 위에서 달그락거리는 접시를 손으로 눌러 잡고 떨어진 편육을 집어 먹었다. 나는 주방으로 가서 팀장에게 미안하다고 했다. 팀장은 빈소에 엄마가 왜 왔냐며 나를 쏘아봤다. 아버지가 아저씨의 부고를 알렸다고 해도 들은 척을 안 했다.

　—아무리 부른다고 전남편 있는 데 오고 싶을까. 나라면 이혼한 남편은 죽을 때까지 보고 싶지 않을 텐데. 이혼한 거 맞아?

　—맞다니까요.

　—맞기는 개뿔.

　나는 편육을 한 접시 들고 다시 자리로 가서 앉았다. 접시를 상 가운데 내려놓자 엄마는 젓가락으로 편육을 집어 입에 넣고 오물오물 씹었다.

　—나라도 안 왔으면 어쩔 뻔했어. 빈소가 썰렁하잖아.

　엄마는 소주를 종이컵에 따라 홀짝홀짝 마시더니 자리에서 일어나 팀장에게 갔다. 내가 따라가서 손을 잡아당기자 엄마는 이것 놔, 하고는 팀장에게 말했다.

　—재호 아버지 좋아하는 거 맞죠?

　팀장이 어이없다는 표정으로 엄마를 바라보았다.

　—내가 그것까지 대답해야 하나요?

　—그거야 안 해도 되지만. 내가 보기엔 그쪽이 안타까워서요.

　—뭐가요?

　팀장이 목소리를 높였으나 엄마는 눈 하나 깜짝하지 않

왔다.

—재호 아버지는 나밖에 몰라요.

—나도 한 가지 물을게요. 둘이 이혼한 거 아니었어요?

잠시 엄마 얼굴에 그늘이 졌다. 엄마는 고개를 돌려 창밖 벚나무를 응시했다. 금방이라도 눈물이 흘러내릴 것 같았다. 다행히 엄마는 마음을 추스르고 팀장에게 눈길을 돌렸다.

—이혼한 건 맞아요. 한데 이혼한 게 뭐 어때서요?

엄마는 아무렇지 않게 말하고 팀장에게 미소를 지어 보였다. 나는 또 엄마 손을 잡아당겼다. 엄마는 저리 가 있으라며 나를 밀어냈다. 마리는 이러지도 저러지도 못하고 상 귀퉁이에 앉아 나무젓가락을 쪼갰다 붙였다 했다. 쪼갠 젓가락이 네 개나 됐다. 여전히 아버지는 나서서 말리지 않고 소주를 마셨다. 더는 안 되겠다 싶어 막무가내로 엄마의 손을 잡아끌고 와 자리에 앉혔다. 얘가 왜 이래. 내가 뭘 했다고. 엄마는 그제야 마리를 보고 누구냐고 물었다. 같이 일하는 친구라고 했다.

—일하지 않고 왜 여기 앉아 있어? 땅콩 껍질 좀 치워주겠니?

말꼬리를 올리며 엄마는 상 위의 땅콩 껍질을 바닥으로 쓸어내렸다. 마리는 벌게진 얼굴로 떨어진 땅콩 껍질을 손으로 쓸어 담아 주방으로 갔다. 손가락 사이로 땅콩 껍질이 떨어진 걸 보고 엄마가 얼굴을 찡그렸다. 나는 땅콩 껍질을 줍고는 아버지에게 엄마를 집으로 보내달라고 했다. 마지못해 아버지는 엄마의 팔을 잡고 일으켜 세웠다.

―이것 놔.

엄마는 아버지가 잡은 팔을 쳐냈다.

―당신이 이러면 재호가 난처하잖아.

―당신이 난처한 게 아니고? 팀장 좋아하는 거야?

아버지는 대답을 않고 신발장에서 구두를 꺼내 엄마 발 앞에 내려놓았다. 안녕히 가세요, 하고 마리가 인사를 했지만 엄마는 받지 않았다. 아버지가 엄마를 데리고 나가는데 빨간색 양복을 입은 노인들이 우르르 들어왔다. 지난번 임종체험 센터에 갔을 때 본 아죽사 회원들이었다. 아버지는 엄마의 팔을 잡은 채 아죽사 회원들에게 인사를 했다.

―이분은 누구신가?

나를 관 속에 밀어 넣었던 노인이 물었다.

―그, 그게…… 아내입니다.

노인이 아버지를 쳐다보았다.

―이혼했다고 하지 않았나?

―설명이 좀 깁니다, 어르신.

아버지는 엄마의 소매를 잡아끌고 나갔다. 노인은 나를 보고는 이곳에서 일하냐고 물었다. 아르바이트를 한다고 하자 젊은 사람이 쉽지 않은 일을 한다면서 내 어깨를 다독여주었다. 노인을 보고서야 히로시가 빨간색 양복을 여러 벌 만들어 마네킹에 입혀놓은 이유를 알았다.

—우리가 만들어달라고 했네. 지난번 히로시가 빈소에 빨간색 양복을 입고 온 걸 보니까 좋더라고. 빈소에 검은 양복만 입고 다닐 필요가 뭐 있어. 칙칙하기만 하고. 근데 빨간색 양복을 입으니까 기분이 처지지 않고 좋아. 죽음과 조금 친숙해지기도 하고. 내가 친해져야 할 친구는 이제 죽음밖에 없거든. 참, 지난번에 고마웠어.

나는 노인을 쳐다보았다.

—뭐가요?

—임종체험센터에서 내가 관 속으로 들어가지 못할 때 말이네. 막상 들어가려고 하니까 겁나더라고. 관에서 나오지 못할까 봐. 그런데 그때 무슨 뱀을 봤다고 소리쳤던 것 같은데…….

—아, 아무것도 아니에요.

—싱겁긴.

—어릴 적부터 뱀을 무서워해서요.

―나도 뱀은 딱 질색이네.

빨간색 양복이 어울린다는 말에 노인은 앞으로 임종체험
센터에 갈 때도 입을 거라고 했다. 노인이 빈소로 간 뒤 마리
가 누군가의 전화를 받고 밖으로 나갔다. 동시에 아버지가 빈
소로 들어왔다.

내가 신발을 정리하는 사이 회원들은 한 줄로 서서 아저씨
에게 절을 했다. 빨간색 옷을 입은 아죽사 회원들이 죽음을
애도하는 방식은 특별해 보였다. 죽음은 어쩌면 흰색도 아니
고 검정색도 아니고 빨간색일지 모른다는 생각이 들었다. 빨
간색 옷은 왠지 모르게 슬픔을 잊게 해주었다. 상주도 빨간색
옷을 입고 조문객도 빨간색 옷을 입는다면 빈소가 우울하지
만은 않을 것 같았다.

절을 하고 나서 노인이 가방에서 노트를 꺼내 읽었다. 죽음
이란 이 세상을 떠나 저세상으로 가는 것이다. 저세상으로 가
기 전 죽은 이는 마지막 3일간 지상에 머문다. 지상에 머무는
3일 동안 산 자들의 절을 받는다. 그 사이 창밖에서는 벚꽃이
흐드러지게 피어난다. 벚꽃 향기는 바람을 타고 영정 사진 속
까지 날아든다. 벚꽃 향기에 영정 사진 속의 죽은 이는 쓸쓸
해진다. 벚꽃 냄새를 맡고 싶지만 수의에 꽁꽁 싸인 몸은 나
갈 수 없다.

노인이 글을 읽는 소리를 들으며 나는 벚나무를 바라보았다. 꽃이 지면서 연녹색 잎이 하나둘 나와 있었다. 잎과 붙어 있던 꽃잎 하나가 떨어졌다. 죽음이 뭘까. 이 세상에서 떨어지는 것일까. 이 세상에서 떨어져 저세상으로 가는 것일까. 죽은 아저씨의 영혼은 지금 어디에 있는 것일까. 영정 사진 속에 앉아 있는 것일까. 아니면 지하 시체 안치실에서 죽은 몸과 같이 누워 있는 것일까. 그것도 아니면 저 꽃잎이 떨어진 곳 어디쯤에 있는 것일까.

나는 창밖에서 시선을 거두고 주방으로 갔다. 팀장이 주방에 쪼그려 앉아 소주병을 든 채 술을 마시고 있었다. 엄마 때문에 화가 난 걸 알고 위로의 말을 건네자 팀장은 내게 땅콩을 던졌다. 떨어진 땅콩을 주워 휴지통에 버리고 마리를 찾아 밖으로 나갔다. 벚나무 아래서 마리가 어떤 남자와 이야기를 나누고 있었다.

추레한 양복바지와 회색 점퍼를 입은 남자는 60대쯤 되어 보였는데 키가 크고 얼굴이 차가운 인상이었다. 남자의 목소리가 높아지자 덩달아 마리의 목소리도 커졌다. 남자 뒤로 불이 켜진 화원이 보였다. 이 밤에도 김 씨 아저씨는 삼단짜리 근조 화환을 만들고 있었다. 셔터가 내려진 황금부동산을 바라보다 103호로 들어가려는데 남자가 덥석 마리의 손을 잡왔다. 마리는 남자의 손을 뿌리치고 주머니에서 봉투를 꺼내 던졌다. 남자는 바닥에 떨어진 봉투를 집어 안을 살피더니 돈을 꺼내 하나씩 세면서 서대문역 방향으로 내려갔다. 남자가 사라진 후에야 마리는 내가 있는 쪽으로 걸어왔다.

마리는 아버지라고 말하고 안으로 들어갔다. 나도 뒤따라 갔다. 맞은편 106호에서 연도 소리가 들렸다. 주여 우리를 불쌍히 여기소서. 파수꾼이 새벽을 기다리기보다, 제 영혼이 주님을 더 기다리나이다, 파수꾼이 새벽을 기다리기보다, 이스라엘이 주님을 더 기다리나이다, 주님께는 자비가 있사옵고 풍요로운 구속이 있음이오니…….

빈소로 돌아가자 아죽사 회원들은 상 앞에 둘러앉아 죽음에 대한 이야기를 나누고 있었다. 주방에서 소주를 마시는 팀장 대신 마리가 땅콩과 편육을 접시에 담아 회원들에게 가져다주었다. 음료수와 소주도 세 병씩 가져다 놓았다. 회원들은 술과 음식을 먹으며 아저씨에 대한 이야기를 한 뒤에 열 시가 넘어 일어났다. 더는 조문객이 올 것 같지 않아 마리와 바람을 쐬러 나갔다.

—엄마 일은 내가 사과할게. 엄마가 좀 무례해.

나는 마리에게 미안하다고 말했다.

—우리 아버지보단 나아. 우리 아버지는 도박 중독자야.

종종 나를 찾아와 돈을 달라고 해.

　―그럼 아까 그 봉투가…….

　―내가 알바로 번 돈이야. 안 주면 줄 때까지 돈 달라고 전화해. 도박에 빠져 퇴직금도 날렸어.

마리 이야기를 들으며 적십자병원을 지나 서대문역 쪽으로 내려갔다. 양복을 입은 남자가 우리 옆을 지나 뛰어가다 휴대폰을 떨어뜨렸다. 에잇, 하고 남자는 휴대폰을 주워 들고 서대문역으로 들어갔다.

역 앞의 횡단보도를 건너 농협박물관으로 올라가자 조선 시대 김종서 집터라는 표지석이 보였다. 그 뒤에 있는 원두막으로 가서 앉았다. 원두막 앞의 논은 모를 심으려고 땅을 갈아엎은 상태였다. 예전에 이곳에는 4층 정도 되는 상가 건물이 있었다. 음식점도 있고 호프집도 있었는데, 직장인들은 퇴근 무렵이면 상가 건물로 들어가 술을 마셨다. 그러나 농협이 들어서면서 건물은 허물어졌다. 허물어진 자리에 농협박물관이 세워지고 원두막도 생겨났다.

　―일하다가 바람 쐬러 나오긴 처음이네.

　―진짜.

　―일하다 보면 나갈 일이 없잖아. 더구나 장례식장은 언제 조문객이 올지 모르니 항상 대기해야 하고. 점심과 저녁까지

주니까 더더욱 나갈 일이 없잖아. 가끔 몰래 이렇게 나올까?

—팀장님이 당장 불러댈걸.

마리는 한숨을 내쉰 뒤 풀 죽은 목소리로 이젠 하와이에 갈 수 없다고 했다. 하와이에 가려고 모아둔 돈을 아버지에게 줬다는 것이다. 위로의 말을 찾았으나 어떤 말도 위로가 될 것 같지 않아 조끼 주머니에서 오렌지를 꺼내 주었다.

—이거 먹고 힘내.

—오늘은 왜 안 주나 했어.

—서운했구나?

—조금.

—뒷집 아저씨가 돌아가셔서 깜빡했어. 이리 줘, 내가 까줄게.

껍질을 까서 주자 마리는 알맹이를 하나씩 떼어 먹었다. 여전히 마리의 얼굴은 어두웠다. 하와이에 갈 희망으로 늘 맥도날드에서 밤을 보냈는데 그런 수고가 물거품이 된 것이다. 마리는 오렌지를 다 먹고 나서 내 아버지에 대해 물었다. 나는 내 아버지도 문제가 많다고 했다.

—이혼한 엄마를 못 잊어.

—네 아버지가 팀장님에게 다가가지 않는 게 이혼한 엄마 때문이구나.

—맞아. 지금도 엄마는 주기적으로 집에 찾아와.

그때 장례식장에서 사는 고양이가 우리 앞을 지나갔다. 고양이는 김종서 집터 표지석에 앉아 있다 도로로 내려갔다. 사고가 날까 봐 마리는 고양이를 향해 소리를 질렀다. 고양이는 주변을 살피다 다행히 차가 없는 틈을 타서 무사히 도로를 건넜다.

—저러다 사고 나면 어쩌려고.

마리가 말했다.

—지난번에 저 고양이와 같이 다니던 새끼가 도로를 건너다 차에 치여 죽었어.

—그래서 새끼 고양이가 안 보였구나.

—안 보이면 죽은 거야.

—고양이는 죽으면 어디로 갈까.

—천국에 가겠지.

—천국이 있을까?

—있지 않을까. 저 하늘 끝에…….

고양이는 꼬리를 세우고 도도하게 장례식장으로 올라갔다. 앞에서 걸어오던 남자가 고양이를 보고 놀라 제자리에 멈춰 섰다. 고양이가 꼬리를 흔들며 남자의 가랑이 사이로 들어갔다. 남자는 바짝 긴장해 까치발을 들었다가 고양이가 멀어진 후에야 서대문역 쪽으로 뛰어갔다.

─고양이 이름 지어줄까?

마리가 말했다.

─좋아. 나도 전부터 그 생각 했는데. 음…… 서대문 고양이 어때?

─너무 길어.

─길면 줄여서 서고라고 부르면 되겠네. 서대문을 지키는 고양이.

─나쁘진 않네. 그럼 장고는 어때? 장례식장을 지키는 고양이.

─이름이 무거워.

─의미는 있잖아. 늘 우리처럼 장례식장을 지키니까.

서대문 고양이냐 장례식장 고양이냐 왈가왈부하다가 결국 이름을 짓지 못했다. 온몸이 검어서 검은 고양이란 이름도 나왔지만 그건 너무 흔했다. 우리는 고양이 이름을 스무 개쯤 주고받고 나서 다시 아버지와 엄마에 대한 이야기를 했다.

─그러고 보면 알 수 없는 게 부부야. 우리 엄마와 아버지는 각방을 쓰면서 같이 밥을 먹고 성당에 나가. 지난주에는 신부님이 우리 집을 방문했는데 아버지와 엄마가 얼마나 즐겁게 대화를 했는지 몰라. 정말이지 아버지는 올해의 남우주

연상 감이었고 엄마는 여우주연상 감이었어. 나도 두 사람 밑에서 조연으로 열연했고. 신부님이 갈 때까지 두 사람이 행복한 부부처럼 보이도록 말이야. 근데 그날 밤 아버지가 외박했어. 엄마는 밤을 꼬박 새워 아버지를 기다렸지. 더 웃긴 건 아버지가 외박하고 들어왔는데 엄마는 어디 갔었냐고 묻지도 않고 같이 밥을 먹는 거야. 그러고 보면 그게 사랑 같기도 하고. 서로 싫어하면서도 결코 두 사람은 헤어지지 않아. 하지만 난 아버지 때문에 미칠 것 같아. 언제까지 돈을 줘야 하는지.

우리는 자리에서 일어나 위쪽으로 올라갔다. 문화일보를 지나가는데 불이 꺼진 스타벅스가 보여 통유리창 가까이 다가가 안을 들여다보았다. 케이크와 음료수가 있는 상품 진열대만 불이 켜졌을 뿐 실내는 어두웠다. 그곳에서 맥도날드로 올라갔을 때 장례식장 쪽에서 내려온 남자가 택시, 택시, 하고 외치면서 손을 든 채 무단횡단을 했다. 남자를 본 택시가 끼이익 끽, 소름 끼치는 소리를 내며 멈췄다. 남자는 운전사와 한바탕 큰 소리로 싸우더니 그 택시를 타고 갔다.

맥도날드 앞에서 우리는 걸음을 멈췄다. 상복을 입은 여자들이 창가 쪽에 나란히 서서 햄버거를 먹고 있었다. 그들을 바라보다 횡단보도를 건너 장례식장으로 올라갔다. 그사이 장례식장으로 들어가는 차들이 길게 늘어서 있었다. 장례식장 출입구에 몰려 있는 사람들 사이로 무덤처럼 쌓인 국화꽃이 보였다. 훌쩍이며 우는 사람도 있었다.

　—뭔데 이리 사람이 많지? 사람 많으면 일만 늘어나는데.

　나는 구시렁거리며 사람들을 뚫고 출입문 안으로 들어갔다. 안내 전광판에 새 사망자의 이름이 떠 있었다. 악성 댓글로 충격을 받고 자살한 연예인이었다.

　—내 친구도 악성 댓글 때문에 정신과 치료받아. 악성 댓글 한마디로 대인기피증까지 생겼어.

　마리가 말했다. 멍하니 나는 안내 전광판에 뜬 이름을 바라보았다. 빈소가 한가할 때면 나는 종종 기사의 댓글을 들여다보며 시간을 때웠다. 연예 기사든 정치 기사든, 기사 자체보다 더 재밌는 게 댓글이었다. 댓글을 읽으면서 사람들의 생각이 다양하다는 걸 알았다. 세상은 넓고 톡톡 튀는 댓글은 많았다. 그러나 악플을 보면 나도 모르게 얼굴을 찌푸렸다.

　연예인의 빈소는 2층에서 가장 큰 곳이었다. 얼마나 꽃이 많이 왔는지 화환이 계단을 타고 내려와 1층 출입문까지 진열되어 있었다. 엔터테인먼트 회장, 어디어디 사장, 어디어디 협회……. 화환에 적힌 이름을 훑으며 103호로 가려는데 김 씨 아저씨가 두 개의 화환을 메고 오더니 연예인 빈소가 어디냐고 물었다. 2층이라고 알려주자 김 씨 아저씨는 화환이 정말 많이 왔다며 놀라워했다. 김 씨 아저씨가 2층으로 올라간 뒤 나는 103호로 들어갔다. 그사이 히로시가 와서 아버지와 함께 앉아 있었다. 팀장은 아까보다 표정이 부드러웠으나 화가 풀린 것 같지는 않았다. 옆에 있으면 불똥이 튈까 봐 마리와 히로시 곁에 앉았다.

　─지난주 아죽사 모임에서 아저씨가 매우 우울해 보였어요. 제가 상담 좀 받아보라 말했었어요. 그러나 받지 않았어요.

　일이 없을 때면 히로시는 아죽사 모임에 아저씨와 같이 나갔다. 가족이 고베지진으로 죽어 한국에 와서 사는 히로시와, 가족을 미국으로 보내고 혼자 사는 아저씨는 어딘지 모르게 공통점이 있었다. 그래선지 아저씨는 히로시를 종종 불러 마당에서 이야기를 나누거나 술을 마셨다. 아저씨가 웃는 건 대개 히로시와 함께 있을 때였다. 아저씨의 사인은 심근경색이었다. 나는 히로시에게 일본에도 죽음에 관한 토론 모임이 많냐고 물었다.

　─일본 사람들은 죽기 전 관광버스 타고 자신이 죽어 누울 집을 둘러봐. 바다 좋아하면 바닷가에 죽어 묻힐 집 마련하고, 나무 좋아하면 나무가 많은 곳에, 꽃 좋아하면 꽃이 많은 곳에 죽어 묻힐 집을 마련해. 마음에 드는 집을 고르는 것처

럼 죽어 누울 집도 찾아다녀.

　—무슨 여행하는 것도 아니고.

　—죽음은 기나긴 여행이야.

관광버스를 타고 죽어 누울 집을 찾아다니는 건 히로시가 빨간색 양복을 입고 장례식장을 가는 것만큼이나 특이하다는 생각을 하는데 김 씨 아저씨가 또 화환을 메고 걸어오고 있었다. 다른 때보다 국화를 많이 꽂아 한층 화환이 무거워 보였다. 어깨에 아주 큰 혹을 매단 사람처럼 김 씨 아저씨는 비틀거렸다. 화환이 바닥에 질질 끌려 국화 한 송이가 떨어졌다. 상복을 입은 여자가 떨어진 국화를 주워 화환에 꽂았다. 아저씨가 계속 비틀거리자 남자 둘이 다가가 화환 양쪽을 살짝 들어주며 같이 걸었다. 나는 김 씨 아저씨가 출입문 안으로 무사히 들어가는 걸 보고서야 마음을 놓았다.

　—그들은 즐겁게 죽어 누울 집을 찾아다녀. 사는 동안 머물 집을 보러 다니는 것처럼. 다른 점이 있다면 이건 더 오래 살 집이라는 거지.

　—하지만 그곳에서도 돈이 없는 사람은 죽어 누울 집도 없겠지.

팀장은 한마디 하고 자리에서 일어나더니 주방에서 땅콩 한 접시를 가져왔다. 아버지는 히로시에게 소주를 따라주며 정말 고베로 돌아갈 거냐고 물었다. 같이 사는 동생을 내보내는 것처럼 아버지의 얼굴은 어두웠다. 히로시는 고개를 끄덕이며 소주를 마셨다.

　─그간 밀린 수도요금도 내고 밀린 전기료도 내면서 마음을 정리하고 있었어요.

　─난 그것도 모르고……. 재호가 전에 히로시가 이상하다고 했는데 그게 사실이었네. 장례식장 앞 벚꽃을 보고 내년에도 그걸 볼 수 있을까, 하고 말했다면서.

　─떠나려고 하니까 내년엔 벚꽃을 못 보겠다는 생각이 들었어요.

　─히로시가 우리 집에 들어왔을 때도 벚꽃이 흐드러지게 피었었는데.

　─지점장님의 집에 살기로 한 것도 벚꽃 때문이에요. 고베의 집에도 벚꽃이 있었어요.

　팀장은 땅콩 껍질을 하나씩 까서 아버지 접시에 놓았다. 아버지가 그것을 나와 마리와 히로시의 접시에 나눠 주었다. 나는 땅콩을 먹으며 영정 사진 속의 아저씨를 바라보았다. 영정 사진 속에서 아저씨는 웃고 있었지만 쓸쓸해 보였다. 며칠 전까지 봤던 사람이 하루아침에 죽었다는 게 믿어지지 않았다. 죽음이란 어쩌면 아무런 징조 없이 찾아오는지도 몰랐다. 누나의 죽음이 예고 없이 찾아온 것처럼.

　자정이 넘어 팀장이 퇴근했다. 하루 종일 빈소를 지킨 아버지가 피곤한 표정으로 벽에 등을 기대고 있길래 집에 돌아가 쉬라고 했다. 아버지가 돌아간 후 유족 휴게실에서 이불을 꺼내 와 접객실의 상을 밀치고 그 자리에 깔았다. 이불에서 향 냄새와 육개장 냄새가 났다.

　마리 옆에 이불을 덮고 누워 고양이가 벚나무 위로 올라가는 걸 바라보았다. 위쪽과 달리 아래쪽에서는 벚나무 밑동만 보였다. 바람이 부는지 팔뚝만큼 굵은 나뭇가지가 창을 뚫고 들어왔다. 바닥에 그림자가 생기면서 나뭇가지를 타고 올라가는 고양이의 그림자가 보였다. 나는 검지와 가운뎃손가락을 번갈아 움직여 고양이를 따라갔다. 마리도 두 개의 손가락으로 빠르게 내 뒤를 따랐다. 네 개의 손가락이 나뭇가지를 타고 올라갔지만 고양이는 우리를 따돌리고 순식간에 사라졌다. 나는 손가락을 멈추고 고양이를 찾기 위해 창문 쪽으로 다가갔다.

　―또 하얀 뱀이 보이는 거야?

　마리가 물었다. 순간 하얀 뱀과 눈이 마주쳤다. 금방이라도 나를 향해 날아올 것처럼 하얀 뱀이 꼬리를 흔들었다. 그사이

자랐는지 더 굵고 더 길어진 듯했다. 하얀 뱀은 고양이가 올라오는 줄도 모르고 여린 잎을 따 먹었다.

—벚나무 꼭대기에 하얀 뱀이 살아.

나는 바닥에 떨어진 땅콩을 주워 손가락으로 튕겼다. 땅콩은 유리창에 부딪힌 뒤 상 위로 떨어졌다.

—고양이만 보이는데? 검은 고양이만.

마리는 내 옆으로 바짝 다가와 벚나무를 올려다보았다.

—조금 위쪽을 봐.

—안 보인다니까.

누나 장례를 치를 때도 나는 하얀 뱀을 보았다. 조문객들이 가고 난 후 만개한 꽃을 바라보는데 벚나무 꼭대기에서 하얀 뱀이 꽃봉오리를 찢고 나오듯 주둥이를 내밀고 나왔다. 이내 하얀 뱀은 빈소로 날아오더니 영정 사진 앞을 빙빙 돌다 다시 벚나무로 돌아갔다.

—하얀 뱀은 어떻게 생겼어?

—비늘은 하얗고 눈은 검어. 크기는 1미터 정도 될까. 어느 땐 2미터로 보일 때도 있어. 물론 더 길어 보일 때도 있고. 굵기는 내 엄지손가락만큼 가늘지. 투명하게 속이 비쳐.

—징그러워.

—나는 손으로 한번 만져보고 싶은데. 저기 봐. 나무 꼭대

기에 있어.

─징그럽다니까 왜 그래.

그제야 하얀 뱀은 나뭇가지를 타고 올라온 고양이를 발견하고 고개를 쳐들었다. 이때다 하고 고양이는 앞발을 들어 할퀴며 하얀 뱀을 위협했다. 하지만 하얀 뱀은 유연하게 몸통을 틀었다. 화가 난 고양이는 조금 더 크게 앞발로 할퀴었다. 이번에도 피하자 고양이는 하얀 뱀을 덮치려고 점프를 했다. 잽싸게 하얀 뱀은 허공으로 튀어 올랐다. 고양이는 건너편 나뭇가지에 내려앉아 몸을 돌려 하얀 뱀을 노려보았다. 그러고는 다시 점프를 하더니 뱀의 목을 낚아채 건너편 나뭇가지에 내려앉았다. 탄성이 뛰어난 스프링보드처럼 나뭇가지가 휘어지면서 출렁거렸다. 고양이는 떨어지지 않으려고 뒷발로 서서 중심을 잡았다. 그 틈에 하얀 뱀은 고양이 다리를 물고 빠져나와 더 높이 날아올랐다. 고양이는 자기보다 높이 떠 있는 하얀 뱀을 노려볼 뿐 더는 점프를 하지 않았다. 하얀 뱀과 고양이 사이로 달빛이 내려앉았다.

밤새 하얀 뱀 꿈을 꾸다 눈을 떴을 땐 아침이었다. 마침 빈소로 들어온 아버지가 마리를 전철역까지 데려다주라고 했다. 덮고 잔 이불을 개켜 유족 휴게실에 넣은 후 상도 제자리에 놓고 종각역으로 내려갔다.

─내 몸에서 향 냄새와 육개장 냄새가 나.

마리가 말했다. 나도 그래, 하고 동시에 웃었다.

─오늘은 뭐 해?

─엄마 대장내시경 검사받는 날인데 같이 가려고.

─나도 작년에 아버지가 대장내시경 검사받을 때 따라갔었어. 검사받고 마취에서 깨어날 때까지 대기실에서 아버지를 기다렸지. 이상하게 그 순간 아버지가 마취에서 깨어나지 않을까 봐 겁이 났었어.

해머링 맨을 지나는데 출근하는 사람들이 보였다. 시계를 보며 뛰어오는 사람도 있었고 빌딩에 들어가기 전 마지막 담배를 피우는 사람도 있었다. 직장인들을 볼 때마다 부러우면서도 한편으론 영원히 정규직이 못 될 것 같은 불안에 빠졌다. 알바 일을 하면서도 틈틈이 구인구직 사이트에 들어가 이곳저곳에 이력서를 넣었지만 연락은 오지 않았다.

광화문 네거리를 지나 종각역까지 가자 역사 안에서 출근하는 직장인들이 한꺼번에 올라왔다. 부딪치지 않으려고 벽쪽으로 붙었지만 직장인들이 메거나 든 가방이 내 몸을 치고 지나갔다. 마리가 전철 타는 걸 본 뒤 옷을 갈아입으려고 집으로 갔다.

─아저씨는?

대문을 열고 들어가자 짐을 정리하던 히로시가 물었다.

―곧 벽제 화장터로 출발할 거야.

―나도 갈게. 마지막 가는 모습 지켜봐야지. 전에 아저씨
가 내가 모르는 한국 속담도 알려주셨는데.

―아저씨가 좋아하시겠다. 오늘 아저씨의 유족이 되어주
는 거니까.

아버지가 졸업 기념으로 사준 검은색 양복을 입고 히로시
와 빈소에 갔다. 장례식장 앞에 서 있던 아죽사 회원들이 히
로시를 보고 반겼다. 히로시가 회원들을 따라 지하로 내려가
는 사이 나는 빈소에 들어갔다. 그사이 팀장이 와서 일손을
거들고 있었다. 아버지는 빈소를 정리하고는 20분 후 장례버
스가 화장터로 출발한다고 했다. 나는 빈소에서 아저씨의 영
정 사진을 내려 가슴에 안고 나갔다. 아버지와 팀장이 뒤를
따라왔다.

출입문을 나서자 햇빛이 내리비쳤다. 빨간색 양복을 입은
아죽사 회원들이 지하에서 관을 들고 올라왔다. 리무진 장의
차는 보이지 않고 장례버스만 주차장에서 나왔다. 회원들은
장례버스 하단의 문을 열고 그 안에 관을 집어넣었다. 관이
움직이지 않게 고정을 시킨 다음 그들은 장례버스에 올라탔
다. 히로시도 일손을 보탠 뒤 먼저 장례버스에 올랐다. 그때

김 씨 아저씨가 국화 한 다발을 들고 뛰어왔다. 아버지가 어딜 가시냐고 묻자 김 씨 아저씨는 내가 든 영정 사진을 부여잡았다.

—이 친구 만나러 왔어.

—아는 사이예요?

아버지가 물었다. 김 씨 아저씨는 고개를 주억거렸다. 나는 김 씨 아저씨의 말이 믿기지 않았다. 김 씨 아저씨는 뒷집 아저씨의 집에 놀러 온 적이 없었다. 화원 앞에서 부딪쳤을 때도 두 사람은 아는 척 않고 지나갔다. 그런데 친구였다니.

—그래서 아까 밖에서 기웃거리신 거예요?

아버지가 물었다.

—들어갈까 말까 망설였지. 사실 우린 오래된 친구야. 한데 인왕산에 올라갔다 내려와 술 먹고 대판 싸웠어. 내가 만든 화환이 엉성하다고 이 친구가 태클을 걸지 뭐야. 죽은 자에 대한 애도도 없이 화환을 꾸민다고 지랄을 떨더라고. 하도 기가 차서 마시던 맥주를 이 친구 얼굴에 뿌렸지. 이 친구도 화가 나 내 얼굴에 맥주를 뿌렸고. 우린 그 자리에서 죽을 때까지 아는 척 말자고 절교했어. 그래서 죽은 걸 알고도 빈소를 찾아가지 않았는데 마지막까지 모른 척할 수는 없더라고. 어제도 일하면서 계속 이 친구 빈소 쪽으로 눈이 가는데······.

김 씨 아저씨는 뒷집 아저씨와 싸운 이야기를 늘어놓았다.

—잘 가 친구. 이젠 나와 싸운 건 잊고 그쪽 세상에서 잘 살아. 자네는 늘 천국이 있다고 믿었잖아. 하느님이 있다고 말했잖아. 그러니까 자네는 천국에 갈 거야. 천국에서 자네 마누라는 기다리지 마. 미국에서 백인 남자와 같이 산 지 오래야. 그 이야기를 차마 자네에게 해줄 수 없었지.

말을 마치고 김 씨 아저씨는 영정 사진 속의 아저씨를 바라보았다. 아버지가 조심스럽게 김 씨 아저씨에게 물었다.

—뒷집 아저씨의 부인이 백인 남자와 산다는 게 정말인가요?

—내가 죽은 사람 앞에서 거짓말하겠나.

—그걸 어떻게 아셨어요?

—내 여동생이 이 친구 부인과 같은 지역에 살아. 거기가 뭐였더라. 플라워였나. 아니 플, 플, 뭐였지?

—플로리다요?

—맞아. 플로리다. 그 지명이 갑자기 생각 안 났어.

장례버스에 탄 아죽사 회원들이 창문을 열고 아버지에게 화장터로 출발할 시간이라고 말했다. 아버지가 장례버스 쪽으로 가는데 김 씨 아저씨가 따라왔다.

—나도 화장터에 갈 거야.

—화환 주문 전화 올 텐데요.

아버지는 바쁠 테니 굳이 동행하지 않아도 된다고 했다.

　—이럴 때 친구 덕에 쉬는 거지. 어제 보니까 조문객이 없어 빈소가 썰렁하던걸.

　—아저씨 유언이었어요. 사람들 부르지 말라고요.

　—부를 사람도 없어. 집에만 처박혀 살아서 친구들도 다 떠났지. 그래도 이 친구가 있을 때가 좋았는데. 싸울 친구도 있고.

　김 씨 아저씨는 내게서 영정 사진을 받아 들고 장례버스에 올랐다. 나도 뒤따라 탔다. 빨간색 양복 때문에 어디 여행이라도 떠나는 사람들처럼 장례버스 안이 환했다. 뒤쪽에 앉은 히로시는 아죽사 회원들과 이야기를 하고 있었다. 나는 아버지 옆에 앉아 김 씨 아저씨가 가져온 국화 한 다발을 감싸 안고는 창밖을 바라보았다. 버스 창문으로 햇빛이 쏟아져 들어오고 있었다.

5

아버지가 없는 집은 고요했다. 아침에 일어나니 달그락거리는 소리가 나지 않았다. 그릇을 씻는 소리도, 파를 써는 소리도, 물소리도 나지 않았다. 실내화 끄는 소리가 들릴까 싶어 귀를 기울였으나 들리는 건 아무것도 없었다. 아버지의 부재와 함께 집 안의 소리는 사라지고 없었다.

나는 아버지의 실내화를 신고 바닥을 끌고 다니며 소리를 만들었다. 냉장고 문도 열어보고 냄비 뚜껑도 열어보고 그릇을 포개 달그락거리는 소리도 내보았다. 아무리 소리를 만들어도 아버지가 내는 소리와는 달랐다.

소리 만드는 걸 포기하고 실내를 환기시키기 위해 누나의 방으로 들어갔다. 침대 옆 책상에 놓인 누나 사진이 가장 먼저 눈에 들어왔다. 열세 살 때 얼굴이라 더는 누나라고 생각되지 않고 여동생 같았다. 북쪽으로 난 창문 때문에 빛이 잘 들지 않는 방이었지만 누나는 깊은 잠을 잘 수 있다며 좋아했다.

책상 위의 창문을 열자 시원한 바람이 불어왔다. 창문으로 들어온 햇빛이 침대에 비쳤다. 나는 침대에 누워 두 손으로 목을 졸라보았다. 금세 숨이 막혀 손을 떼고 한바탕 기침을 쏟아낸 다음 다시 목을 졸랐다. 현기증이 일면서 머리가 몽롱해지고 눈앞이 하얘졌다. 얼른 손을 떼고 벌게진 손바닥을 보았다. 오래도록 손바닥을 응시하다 누나의 방을 나와 마당으로 갔다.

마당을 세 번 돌고 나서 기 체조를 했다. 두 팔을 앞으로 펴고 오른쪽 다리를 뒤로 뺐으나 중심을 잃고 넘어졌다. 손으로 바닥을 짚고 일어나 무게중심을 잡고 왼쪽 다리를 뒤로 빼다 또 넘어졌다. 그걸 본 히로시가 방에서 나왔다.

히로시는 내 앞에서 두 팔을 펴고 오른쪽 다리를 뒤로 빼내며 시범을 보여주었다. 동작을 따라 했지만 중심을 잡지 못해 히로시가 뒤로 와서 허리를 잡아주었다. 히로시가 손을 놓자 기우뚱거리며 다시 넘어졌다. 손바닥을 털고 일어나 히로시에게 말했다.

─출국 날이 얼마 남지 않았네. 마음이 바뀌진 않았어?

―안 바뀌었어.

―돌아가기 싫어질 수도 있잖아?

―지금이 아니면 돌아갈 기회 없어.

히로시와 이야기를 하고 있는데 아버지가 캐리어를 끌고 들어왔다. 아버지 뒤로 엄마가 고개를 내밀었다. 몸이 아파 비행기를 못 탔다면서 엄마는 히로시와 미리 작별 인사를 했다. 히로시가 자기 방으로 가고 나서 나는 두 개의 캐리어를 끌고 거실로 들어갔다. 조용하던 집 안에 다시 소리가 생겨났다. 냉장고 돌아가는 소리와 함께 실내화 끄는 소리가 이어졌다. 캐리어를 한쪽에 놓고 엄마에게 왜 집으로 가지 않고 여기로 왔냐고 물었다.

―3일간 패키지여행 인솔한다고 했으니까 별수 없잖아. 지금 가면 거짓말한 줄 알 것 아냐.

―어차피 거짓말하고 오타루에 가려고 한 것 아니었어?

―그러니까 더 집에 못 가지. 배고프다.

엄마는 나를 밀어젖히고 주방으로 가더니 쌀을 씻어 밥솥에 안쳤다. 그러고는 냉장고에서 돼지고기를 꺼내 깍두기보다 작게 썰어 간장양념을 한 뒤 달궈진 프라이팬에 올렸다. 돼지고기가 마늘과 함께 익어가면서 달달한 냄새가 났다. 유일하게 엄마가 아버지보다 잘하는 요리가 돼지고기 데리야키웠다. 엄마가 프라이팬에 돼지고기를 볶는 소리와 아버지가 냉장고와 식탁을 오가는 실내화 소리가 났다. 아버지가 혼자 내는 소리는 다소 조용했다면 엄마와 함께 내는 소리는 조금 더 시끄러웠으나 어딘지 모르게 잘 어우러졌다. 그 소리 속에 이제는 내 소리가 조용하게 끼어들었다.

엄마는 냉장고에서 반찬을 꺼내 식탁에 놓는 아버지에게 뒷집도 현대식으로 내부를 개조했으면 좋았을 거라고 했다.

—실내를 개조해 사시라 해도 부인이 오면 한다고 안 했어. 집이 바뀐 걸 보면 좋아하지 않을 거라면서.

—아저씨가 없으니까 집이 을씨년스럽네.

—사람이 살지 않으면 그래. 주방에서 음식을 하다 뒷집을 보면 아직도 저 의자에 아저씨가 앉아 있는 것만 같아.

—누가 이사 올지 궁금하네.

—젊은 사람들이 왔으면 좋겠어. 요즘 젊은 사람들이 한옥 개조해서 많이 살잖아. 며칠째 황금부동산 사장님이 손님을 데리고 왔는데 집이 낡아 사려는 사람이 없나 봐.

아저씨 부인이 있을 때 엄마는 자주 뒷집에 놀러 갔었다. 일본 가서 사 온 선물을 가져다주기도 하고 더러는 부인이 사다 달라는 물건을 구해주기도 했다. 하지만 아저씨 부인이 플로리다로 떠난 후 연락이 끊겼다.

—재호는 언제까지 장례식장 알바하며 살 거래? 곧 서른
인데. 쟤 친구는 벌써 레지던트가 됐던데. 이 골목 끝에 살았
던 민수 엄마를 강남 현대백화점에서 만났지 뭐야. 난 처음에
민수 엄마인지 몰랐어. 어찌나 성형을 했던지 나이가 40대로
밖에 안 보였거든. 둘이 커피를 마셨는데 민수 자랑만 늘어놓
더라고. 민수가 재호하고 가장 친했잖아. 공부도 못한 민수가
강남 가서 개인 과외 받고 서울대에 갔으니. 우리도 이 집 팔
고 강남으로 갔으면 재호도 저렇게 살지 않을 텐데.

　—그만해. 재호 듣잖아.

　—들으면 어때. 우리가 강남으로 이사했으면 쟤 누나가 죽
지 않았을지도 모르는데.

　—당신이 가이드 안 나가고 살폈다면 또 모르지.

　—만날 술 먹고 새벽에 들어온 당신은 어떻고.

　—알았으니까 그만해.

　못 들은 척 나는 식탁에 놓인 생수와 반찬 위치를 바꿔가며
딴짓을 했다. 엄마가 계속 민수 이야기를 하자 아버지는 자리
를 피했다. 민수네 집은 이 골목 끝에 있었다. 민수가 이곳을
떠난 후 한 번도 그를 만나지 못했다. 레지던트가 됐다는 이
야기는 장례식장 아르바이트를 하면서 조문 온 친구에게 들
은 적이 있었다. 초등학교와 중학교 친구들을 종종 장례식장

에서 만났는데 그들은 하나같이 삼성과 LG 같은 대기업에 취업한 상태였다. 취업난 속에서도 용케 대기업에 들어간 친구들을 보면 나만 뒤처져 사는 것 같았다.

엄마는 나를 힐끗 쳐다보고 이번엔 민수 여동생 이야기를 꺼냈다. 민수 여동생은 캐나다로 유학 가서 현지 남자와 결혼했다는 것이다. 어릴 적부터 민수 여동생은 캐나다에 가서 살고 싶어 했다. 민수와 달리 말수가 없었지만 욕심이 많았다. 더는 엄마 이야기를 듣고 싶지 않아 빨리 밥을 달라고 했다. 엄마는 달달하게 볶은 데리야키를 접시에 담아 식탁 한가운데 놓았다. 나는 엄마에게 몸도 아프지 않은 것 같은데 오타루에 안 간 진짜 이유가 뭐냐고 물었다.

―오늘이 네 누나 기일이야.

해머링 맨이 망치로 머리를 내리친 것 같아 나는 할 말을 잃었다. 올핸 벚꽃이 빨리 진 데다 장례식장 일이 끝나면 마리와 시내를 돌아다니느라 누나가 죽은 날도 잊은 것이다. 누나가 죽은 날을 잊은 건 처음이었다. 그제야 엄마가 데리야키를 한 이유를 알았다. 죽은 누나를 위해 만든 것이었다. 누나가 가장 좋아한 음식이 데리야키였다.

데리야키를 보자 아버지와 이혼 후 처음 엄마가 집에 온 날이 떠올랐다. 아버지와 식탁에 앉아 내 생일 파티를 하는데 엄마가 현관문을 열고 들어왔다. 엄마는 나와 아버지를 번갈아 보고 나서 케이크 상자를 식탁에 올려놓았다. 내가 좋아하는 생크림케이크였지만 거들떠보지 않았다. 엄마는 핸드백을 의자에 걸쳐놓고 싱크대 찬장과 냉장고를 열어본 뒤 국자로 냄비에 담긴 국을 떠서 한 모금 먹었다. 엄마의 얼굴에 미소가 번지는 걸 보고 아버지가 함께 저녁을 먹자고 했다.

—저녁 먹을 시간 없어.

엄마는 아버지가 사 온 케이크를 밀어내고 자신이 사 온 케이크에 초를 꽂고 불을 켠 다음 소원을 빌라고 했다. 내가 가만히 있자 엄마는 생일 축하 노래를 부르고 촛불을 껐다. 그러고 나서 박수를 치더니 케이크를 숟가락으로 푹 떠먹고 갈게, 하고는 의자에 걸쳐놓은 핸드백을 들고 나갔다. 엄마가 열어젖히고 간 대문이 흔들리면서 끼이익, 끼이익, 소리를 냈다.

골목 입구에 세워둔 차를 타고 엄마가 가고 나자 집 안은 더욱 적막했다. 엄마는 케이크 상자가 아니라 적막을 들고 와서 집 안에 풀어놓고 간 것 같았다. 아버지는 케이크 대신 엄마가 앉았던 의자를 바라보다 크림이 묻은 숟가락을 빨아 먹었다.

엄마는 그다음 해 생일날에도 아무 일 없었던 것처럼 집에 와서 케이크와 적막을 풀어놓고 갔다. 자연스럽게 생일이면 엄마를 기다렸다. 엄마는 아버지와 이혼한 게 아니라 잠시 긴 여행을 떠난 거라고 생각했다. 한데 열일곱 살 생일날에는 저녁 시간이 지나도록 엄마가 오지 않았다. 아버지가 저녁을 먹자고 했지만 나는 끝까지 엄마를 기다렸다. 밤이 깊어도 엄마는 오지 않았다.

엄마는 다음 날 왔다. 엄마가 사 온 케이크에 불을 붙였을 때 나는 방으로 들어가 문을 잠갔다. 잠시 후 엄마가 문을 두드려도 열어주지 않았다. 열어! 열라고! 왜 문을 잠그고 그래. 누가 오기 싫어 안 온 줄 알아? 고호가 아픈데 어떻게 오냐고. 네 누나처럼 죽을까 봐 걱정돼서 어떻게 올 수 있냐고!

마음을 할퀴는 소리에 나는 귀를 틀어막았다. 엄마가 왜 나한테 소리를 지를까. 나한테 잘한 것도 없는데. 나를 버리고 다른 남자와 결혼했는데. 귀를 틀어막고 얼마나 있었을까. 귀에서 손을 뗐을 때 아무런 소리가 나지 않아 문을 열어보니 엄마는 가고 없었다. 초가 바닥까지 타서 촛농이 하얗게 굳어가는 케이크만 눈에 들어왔다. 화풀이하듯 케이크를 휴지통에 처박고 돌아섰을 때 식탁에 놓여 있는 불고기버거가 보였다. 불고기버거도 휴지통에 처박았다가 곧 꺼내 종이를 벗기고 먹었다. 갓 사 온 불고기버거는 부드럽고 따뜻했다. 그때부터 맥도날드에 가면 불고기버거만 사 먹었다. 불고기버거를 먹을 때면 엄마와 함께 있는 기분이 들었다.

—일은 할 만하니?

엄마가 물었다.

—점점 맘에 들고 있어.

—직업으로 삼진 않겠지?

—이 일이 얼마나 의미 있는 일인데. 누군가는 꼭 해야 할 일이잖아.

—그게 너일 필요는 없어.

커지는 엄마의 목소리에 아버지는 내가 세탁해놓은 빨래를 꺼내 건조대에 널었다. 그러고는 엄마의 목소리가 잠잠해지고 나서야 식탁에 와서 앉았다. 엄마는 아버지에게 얼굴을 찡그리며 나와 마리는 어울리지 않는다고 했다. 그 순간 아버지가 엄마와 이혼한 걸 이해할 수 있을 것 같았다. 아버지는 누나의 죽음을 두고 서로 으르렁거리지 않는 삶을 택한 게 분명했다. 더는 엄마의 이야기를 듣고 싶지 않아 자리를 피하려는데 고호에게 전화가 왔다. 엄마가 힐끔거려서 건조대가 놓인 통유리창 앞으로 가 식탁을 등지고 통화를 했다.

고호는 엄마가 자신의 아빠와 싸우고 가이드 일을 나갔다고 했다. 고호의 아빠를 본 적은 없지만 엄마에게 듣기로는 키가 크고 핸섬한 네 살 연하의 남자라고 했다. 한참 동안 고호는 자신의 아빠와 내 엄마 이야기를 했다. 그러다 가까스로 전화를 끊었을 때 엄마가 다가와 누구냐고 물었다. 고호라고 하자 엄마는 왜 안 바꿔줬냐며 투덜댔다.

　―엄마는 지금 오타루에 있어야 하잖아.

　엄마의 얼굴이 굳어졌다. 그 얼굴을 보자 괜히 화가 났다.

　―고호 아빠가 가이드 일 하지 말랬다며?

　―집에만 있으면 답답해서. 가끔 바람이라도 쐐야지 그렇지 않으면 힘들어.

　―뭐가 힘들어?

　―…….

　―대체 뭐가 힘드냐고?

　엄마는 입을 꽉 다물고 아무런 말을 하지 않았다. 엄마는 조금 늙어 보였다. 엄마도 누나의 죽음을 잊기 위해 가이드 일을 하면서 잠시 이곳을 떠나는 걸지도 모르겠다는 생각이 들었다. 바람을 쐬고 오면 엄마의 마음에 고여 있던 슬픔도 날아가는 것이라고. 내가 오토바이를 타면서 슬픔을 날리는 것처럼 엄마는 비행기를 타면서 슬픔을 날리는 것이라고. 어쩌면 엄마는 여행지에서 목 놓아 울고 오는지도 몰랐다. 엄마에게 못되게 군 게 미안해 데리야키를 하나 집어 먹었다.

아버지가 아죽사 모임에 간 후 엄마는 누나 방으로 들어갔다. 나와 둘이 있으면 엄마는 자리를 피했다. 그건 나도 마찬가지였다. 하지만 더는 피하고 싶지 않아 엄마의 뒤를 따라 누나의 방으로 들어갔다.

—나 때문이지?

—뭐가?

—나 때문에 이혼한 거지?

아버지에게 그랬던 것처럼 엄마에게도 똑같이 물었다. 누나의 침대에 앉아 있던 엄마가 나를 쳐다보았다.

—너 때문에 왜? 아니야.

—아니긴 뭐가 아냐. 나 때문이잖아.

—우리가 왜 너 때문에 이혼해?

—엄마가 더 이상 날 보고 싶지 않았을 테니까.

—내가 왜?

—나를 보면 누나가 떠오르니까. 그리고…….

더는 입 밖으로 말이 나오지 않아 주먹을 움켜쥐었다. 창문으로 바람이 불어왔다. 나는 주먹을 움켜쥔 채 엄마에게 쏘아붙였다.

—……그리고 날 보면 누나가 어떻게 죽었는지 생각날 테

니까.

　—그게 무슨 소리야? 누나가 어떻게 죽다니. 네 누나는 아
파서 죽었잖아.

　—거짓말 마.

　—거짓말은 무슨 거짓말. 병으로 갑자기 죽은 걸 너도 알
잖아. 네 눈앞에서 쓰러져 있었잖아.

　—누나가 왜 쓰러졌는지 알면서 왜 모른 척해?

　엄마가 자리에서 벌떡 일어났다.

　—그건 또 무슨 소리야?

　—엄마도 알고 있잖아. 내가 누나를 목 졸라 죽인 걸.

　—아니야, 재호야. 그렇지 않아. 왜 그렇게 무서운 말을 해.
누나는 아파서 죽은 거야. 네가 충격을 받아 무서운 상상을
하는 거야.

　—상상이 아니야. 엄마도 봤잖아. 그날 목조르기 게임을
하며 내가 누나의 목을 조른 걸. 내 손끝에 아직도 누나의 목
을 조른 느낌이 남아 있어. 아직도 내 손가락 끝에 누나의 맥
박이 뛰는 게 느껴진다고. 아직도 내 귀에 누나가 나를 부르
는 소리가 들린다고.

　—그만해. 엄마 무서워.

　엄마가 내 손을 잡으려고 다가왔다.

—내 손 만지지 마. 이 무서운 손을.

—재호야…… 네 아버지가 말 안 했어? 네 누나는 소아암
이었어.

—아버지와 입을 맞췄겠지. 난 지금도 내가 누나를 죽였을
때 엄마가 들어온 걸 똑똑히 기억한다고.

—죽이다니. 그때 네 누나는 살아 있었어.

—살아 있었다고?

나는 멍하니 엄마를 쳐다보았다.

—기억 안 나? 엄마가 누나를 들쳐 업고 병원으로 갔잖아.
그날 네 누나는 급성 쇼크가 온 거야. 내가 일하느라 네 누나
가 아픈 것도 몰랐던 거야. 잘 생각해봐. 같이 놀면서 누나가
아팠던 적 있었을 거 아냐?

홍난파의 집에서 누나가 가슴을 어루만지곤 한 게 떠올랐
다. 왜 나는 그때 누나가 아픈 거라고 생각하지 못했을까. 하
루 종일 누나와 붙어 지낸 건 엄마가 아니라 나였다. 한번은
역사박물관 앞에서 누나가 쓰러진 적도 있었다. 바닥에 엎어
져 일어나지 못하는 걸 내가 일으켜주었다. 그때도 누나는 아
프지 않다면서 엄마에게 아무 말 하지 말라 했다. 그러고 보
니 플라타너스 아래 누워 있었을 때도 누나는 아픔을 잊기 위
해 잎사귀가 바람에 부딪히는 소리를 들은 것이었다. 그런 이

야기를 엄마에게 해주었다.

—내가 일하니까 아프다는 말도 못 하고.

엄마는 영천시장 앞에 있는 소아과 전문병원에 갔다고 했지만 나는 그런 기억이 나지 않았다. 책상 위의 누나 사진을 봐도 아무것도 떠오르지 않았다. 나는 귀퉁이가 살짝 떨어진 벽지를 손으로 쥐어뜯었다.

—그럼 왜 누나가 나 때문에 죽은 게 아니라고 말해주지 않았어?

—네가 이런 생각을 할 줄은 꿈에도 몰랐지.

—됐어. 그만해.

—재호야.

—엄마가 거짓말을 해도 진실이 바뀌진 않아! 내가 누나를 죽인 게 진실이라고!

여전히 엄마의 말이 믿기지 않아 소리를 질렀다. 엄마가 거짓말을 하는 것이라 확신했다. 내가 저지른 사고를 감추기 위해 누나가 병으로 죽은 것으로 꾸민 게 분명했다.

누나의 방을 나온 나는 내 방으로 가 그날의 기억을 더듬었다. 아이들이 나와 누나의 이름을 부르며 골목을 뛰어오고, 따스한 햇빛이 창문으로 들어오고, 마당 여기저기에 벚꽃 잎이 떨어지고, 내가 급하게 누나를 부르고, 그때 엄마가 들어오고……. 엄마가 끌고 온 진홍색 캐리어가 빙그르르 굴러가 식탁 다리에 탁, 부딪쳤다. 탁 소리와 함께 기억은 더 나아가지 않았다. 기억을 떠올리려 하면 탁, 탁, 탁 소리만 났다. 나는 창문을 열어젖히고 하얀 뱀에게 소리를 질렀다.

—야, 네가 거기서 다 봤지? 내가 누나와 거실에서 목조르기 게임을 한 걸. 엄마의 말이 진짜인지 거짓인지 말해보라고. 말해보란 말이야. 이제껏 내 뒤를 따라다니면서 봤을 거 아냐. 그날 분명히 누나는 나 때문에 죽었잖아. 안 그래? 내가 누나의 목을 너무 세게 졸랐잖아. 근데 엄마는 그게 아니라고 하네? 엄마가 거짓말을 한 거지? 이젠 좀 말해봐. 네가 좀 말해보라고. 내가 누나를 죽인 거 맞지? 내가 누나를 죽였을 때 네가 누나의 몸속으로 들어가 누나의 영혼을 꺼내 하늘로 올라갔잖아.

나는 하얀 뱀을 향해 지우개를 집어 던졌다. 지우개는 하얀 뱀을 맞히지 못하고 벚나무 아래로 떨어졌다. 방 안을 둘러보다 책상 위에 있는 딱풀을 집어 들어 던졌다. 딱풀은 나무줄기를 맞고 맥없이 떨어졌다. 손에 잡히는 대로 물건을 집어 던졌다. 손톱깎이도 던지고 도장도 던졌지만 하얀 뱀을 맞히지는 못했다. 분이 난 나는 조금 무게가 나가는 테니스공을 던졌다. 공은 나뭇가지를 맞고 공중으로 튀어 올랐다.

방 안을 왔다 갔다 하다 오토바이를 끌고 나갔다. 해머링 맨을 지나 광화문 네거리에서 우회전을 해 달렸다. 덕수궁을 지나 서대문역까지 갔다. 그곳에서 다시 원형을 그리며 해머링 맨을 지나 덕수궁까지 갔다. 이렇게 두 바퀴를 돌고 나서 덕수궁 앞에 오토바이를 세웠다. 덕수궁 문에 등을 기대고 서울광장과 더플라자호텔을 보며 마리에게 전화를 걸었다. 내가 지금 처한 상황을 이야기하고 나면 복잡한 마음이 조금 진정될 것 같았다. 마리는 전화를 받지 않았다.

네 번을 걸어도 받지 않아 마리의 집 전화번호를 찾아 눌렀다. 마리의 아버지가 전화를 받았다. 장례식장에서 같이 일하는 친구인데 마리와 통화가 되지 않아 전화를 했다고 했다. 마리 아버지는 마리가 집에 없다고 했다. 전화를 끊고 마리에게 어디 있냐고 카톡을 보냈으나 답이 오지 않았다. 다시 오토바이를 타고 북악스카이웨이를 향해 달렸다.

여름이 오면서 장례식장 일은 많지 않았다. 다른 아르바이트와 달리 이 일은 비수기가 있었다. 사람들은 여름에 잘 죽지 않았다. 작년에도 여름 내내 25일밖에 아르바이트를 나가지 못했다. 그래서 여름이 되면 유난히 한가했다. 여름에는 죽음이란 존재하지 않고 오직 생명만이 존재하는 것 같았다.

일이 없어 불안했으나 한편으로는 죽음이 존재하지 않는 것 같아 여름이 좋았다.

매일 나는 마리에게 카톡을 보내며 시간을 때웠다. 대답은 없었지만 내가 보낸 카톡을 읽고 있다는 것만으로 안심이 되었다. 점심과 저녁에 무얼 먹었다는 이야기와 밤에는 오토바이를 타고 북악스카이웨이까지 갔다는 이야기를 했다. 강변북로를 타다 한강대교를 건너 강남에 갔다는 이야기도 했다. 혼자 맥도날드에 가서 햄버거를 먹으며 장례식장을 바라본 이야기도 했다.

나는 휴대폰을 주머니에 넣고 조끼를 입은 다음 재킷을 걸치고 집을 나섰다. 장례식장은 한산했다. 상복을 입은 사람은 보이지 않고 장례버스만 주차장 끝에 덩그러니 세워져 있었다. 서대문화원을 지나다 김 씨 아저씨와 마주쳤다. 인사를 하자 김 씨 아저씨는 오늘도 일이 없냐고 물었다. 나는 그렇다고 말했다.

—우리도 여름이면 한가해. 장례식장이 분주해야 일이 많은데. 그렇다고 사람들이 죽기를 바랄 수도 없고. 근데 오늘은 다른 데로 알바 뛰나?

—바람 쐬러 가요.

—상조회사 조끼 입고?

—재킷을 입어 감췄는데 알아보셨네요. 동인천에 가려고요.

—동인천이면 내가 잘 알지. 한때 주름잡고 놀았던 곳이니까. 하지만 이제 안 가본 지가 몇십 년 됐어. 그나저나 내가 언제 밥 한 끼 사야 하는데. 빈소에서 꽃이 급할 때 늘 우리 집을 이용해줬잖아.

황금부동산을 지나 종각역 쪽으로 내려가자 커피를 손에 든 직장인들이 여기저기 눈에 띄었다. 언제 봐도 그들에게서는 여유가 느껴졌다.

종각역 가까이 갔을 때 나는 걸음을 멈췄다. 영풍문고 왼편에서 파룬궁 회원들이 바닥에 앉아 수련을 하고 있었다. 파룬궁을 소개하는 글을 쓴 피켓도 보였다. 탄압을 받은 사람들의 모습을 찍은 사진도 있었다. 눈이 찢어지고 얼굴이 퉁퉁 부은 사람들과 다리에 멍이 들고 피가 맺힌 사람들을 찍은 사진이었다. 무슨 내용인가 싶어 피켓을 보는데 파룬궁 회원으로 보이는 사람이 다가와 말을 걸었다. 그의 이야기를 듣다 종각역으로 내려가 전철을 탔다. 시간을 단축하기 위해 용산에서 내려 동인천행 급행으로 갈아탔다. 전철은 이삼 분 간격으로 정차를 했다. 구로를 빠져나가서야 정차 없이 몇 구간을 달렸다. 빠르게 지나가는 창밖 풍경을 보며 서울을 벗어났다.

40여 분 만에 동인천역에 도착했다. 동인천역에서 내리는 사람은 많지 않았다. 어둡고 좁은 지하도를 따라 7번 출구로 나갔다. 어디로 갈까 하고 표지판을 찾다 맥도날드를 발견하고 안으로 들어갔다. 아르바이트생으로 보이는 남자가 맥도날드에 오신 걸 환영합니다, 하고 말했다.

나는 콜라를 한 잔 사서 창가에 앉았다. 창밖으로 리어카에서 와플을 만드는 아저씨가 보였다. 머리를 뒤로 묶은 아저씨는 기계에서 갓 구운 와플을 꺼내 생크림을 바르고 있었다. 지나가는 사람들을 구경하면서 휴대폰으로 마리가 사는 자유공원까지의 거리를 체크한 후 콜라를 마시고 맥도날드를 나와 골목을 올라갔다. 떡볶이가게와 순대가게를 지나 골목 끝에 이르자 삼치거리가 나왔다. 발목에 도마뱀 문신을 한 여자가 껌을 씹으며 내려왔다. 삼치거리에서 왼쪽으로 올라가자 나무로 만든 조잡한 작품들이 걸려 있는 벽이 나타났다. 벽의 빈 공간에는 이곳을 다녀갔다는 글이 빼곡하게 적혀 있었다.

벽에 쓰인 글들을 읽으며 조금 올라가자 철학관이 나왔다. 그 맞은편도 철학관이었다. 철학관과 요양원을 지나 5분쯤 갔을 때 자유공원이 보였다. 왼편에 있는 홍예문에서 시원한 바람이 불어왔다. 홍예문을 바라보다 경사진 길을 따라 자유공원으로 올라갔다.

다시 5분쯤 걸었을 때 마침내 자유공원이 나왔다. 공원 한쪽에 우뚝 서 있는 맥아더 장군을 보고 광장으로 갔다. 저 멀리 인천대교 위로 갈매기들이 떠다녔다. 자유공원을 한 바퀴 돌아 차이나타운 쪽으로 내려갔다. 삼국지 벽화를 구경하며 걷는데 언젠가 마리가 말한 카페 '블루하라'가 나왔다. 장례식장 일을 하기 전 마리가 이 카페에서 일한 걸 떠올리고 안으로 들어갔다.

아이스커피를 사서 계단을 따라 2층으로 올라갔다. 창가 자리에 앉아 건너편 화교 학교를 바라보았다. 쉬는 시간인지 아이들이 복도를 뛰어다니며 떠들었다. 창밖에서 맴돌던 잠자리가 열린 창틈으로 들어왔다. 잠자리를 내쫓고 창밖 풍경을 찍어 마리에게 보낸 다음 벽에 걸린 사진을 구경했다. 사진을 본 뒤 한쪽에 진열된 소설책과 시집을 둘러보는데 마리에게 전화가 왔다. 블루하라 아냐? 마리는 안부도 묻지 않고 들뜬 목소리로 언제 동인천에 갔냐고 물었다.

—한 시간 전에 왔어. 넌 어디야?

—경주 이모네야.

—거긴 왜?

—혼자 사는 이모가 아파서 내려왔어. 이곳은 산 같은 왕릉이 여기저기 둥글게 솟아 있어. 왕릉이 이렇게 크다는 걸

이곳에 와서 알았어.

　—난 아직 왕릉을 본 적 없는데.

　—나도 경주는 처음이야. 암튼 내가 있었으면 동인천 투어
시켜줄 텐데. 블루하라에서 5분 거리에 우리 집이 있어.

　—다음에 같이 이곳에 오자. 오토바이 타고.

　—서울에서 오토바이를 타고 동인천까지 질주하면 새벽
이 오겠네. 그 새벽에 오토바이로 자유공원 일대를 돌아다니
는 것도 멋질 거야. 내가 자주 가는 중국집도 가고. 내가 자주
가는 쫄면집도 가고. 신포시장에 원조 쫄면집이 있거든.

　—쫄면 좋아하는데.

　—나중에 데려갈게. 쫄면 먹고 인근을 돌아보는 재미가 쏠
쏠해. 신포시장에 먹거리가 많거든. 중구청 앞에는 오래전 자
주 갔던 바그다드 카페도 있고. 그 반지하 카페는 비가 오거
나 눈이 오는 날에 가기에 딱 좋아. 눈 오는 겨울이면 난 유독
그곳으로 숨어들었지. 그곳에 앉아 멍하니 창밖을 보고 있으
면 힘이 나거든. 우리나라에서 가장 오래된 플라타너스도 있
어. 무려 1884년도에 심어진 나무야.

　—그곳에도 플라타너스가 있어?

　—그럼. 그 나무도 보여줄게.

　—구경할 곳이 많네.

—내가 어릴 적부터 다닌 곳을 모두 구경시켜줄게. 그리고
미안해. 내가 있는 줄 알고 동인천에 갔을 텐데.

　—한번 와보고 싶었어. 네가 어떤 곳에 사는지도 궁금했
고. 그런데 와보니 왠지 이곳이 오래전부터 산 것처럼 마음
에 들어.

　전화를 끊으면서 마리는 이모가 아픈 것보단 아버지가 보
기 싫어 집을 도망쳐 나온 거라고 했다. 그 때문에 카톡에 답
장도 안 했다고 말했다.

　나는 전화를 끊고 창밖 잠자리를 보며 오래도록 커피를 마
셨다. 잠자리가 시야에서 사라진 후 카페를 나와 마리의 집을
찾으려고 블루하라를 끼고 돌았다. 슬레이트집이 몇 채 보였
지만 담이 높아 안쪽이 들여다보이지 않았다. 문패를 보며 슬
레이트집을 따라 근처를 한 바퀴 돌았으나 마리의 집을 찾지
는 못했다.

　블루하라를 지나 건너편으로 내려가니 한때 외국인들의
사교 클럽이었던 제물포구락부가 보였다. 표지판에 소개된
제물포구락부의 내력을 읽고 계단을 올라갔다. 정기 휴일이
라 문이 닫혀 있었다. 계단을 내려와 다시 거리를 걸었다. 사
람은 보이지 않고 골목을 가로지르는 고양이만 눈에 들어왔
다. 고양이 옆을 지나가자 군데군데 붉은 벽돌로 지은 적산

가옥이 눈에 띄었다. 어떤 집은 사람이 살지 않는지 담벼락이 담쟁이로 뒤엉켜 있었다. 도로를 사이에 두고 위쪽과 아래쪽의 적산 가옥 대부분이 퇴색해 있어 마치 내가 1920년대의 풍경 속을 걸어가는 것 같았다.

사람이 살지 않은 듯한 적산 가옥 앞에서 걸음을 멈추고 안을 들여다보았다. 관리를 안 해 정원수의 줄기와 가지는 죽은 담쟁이넝쿨로 뒤덮여 있었다. 정원수 사이로 누군가 돌을 던져 깨뜨린 창문이 보였다. 깨진 유리가 떨어진 방 안쪽으로 침대와 나무 책상이 놓여 있었다. 자세히 보려고 까치발을 들었는데 고양이가 울었다. 마침 지나가던 사람이 의심쩍은 눈으로 나를 쳐다봐 얼굴이 벌게져 다시 길을 걸어갔다.

골목 어딘가에서 마리가 튀어나올 것 같아 마리, 하고 불러 보았다. 골목길을 지나가던 고양이가 걸음을 멈추고 뒤를 돌아보았다. 검은 비닐봉지 하나가 길 위를 휩쓸고 가다 고양이 머리 위로 날아오르더니 담벼락에 들러붙었다. 고양이가 담으로 뛰어오르는 걸 보고 다시 골목을 걸었다. 아스팔트 바닥에 떨어진 햇빛이 파편처럼 사방으로 튀었다. 잠시 눈을 감았다가 떴을 때 왼편으로 아까 본 홍예문이 나타났다.

돌을 쌓아 만든 무지개 모양의 홍예문 아래로 차들이 지나가고 있었다. 도로는 좁은 2차선이었고 인도가 없었다. 나는 홍예문을 향해 걸어갔다. 높게 쌓은 돌 틈 사이로 풀들이 삐죽삐죽 솟아 있었다. 개중에는 보라색 꽃을 피운 풀도 보였다.

차가 지나갈 때마다 벽 쪽에 바짝 붙어 섰다가 홍예문 안으로 들어갔다. 홍예문 한가운데서 걸음을 멈추고 돌아보자 그제야 1920년대의 풍경 속에서 걸어 나온 것 같았다. 나는 재킷을 벗고 아까 올라온 길을 따라 동인천역으로 내려갔다. 지나가는 사람들이 등을 쳐다봤지만 신경 쓰지 않았다. 천국상조가 쓰인 조끼를 입으면 마리와 광화문 거리를 걷고 있는 것만 같아 힘이 났다. 동인천역 7번 출구에서 와플을 사 먹고 바람에 나부끼는 아파트 분양 플래카드를 바라보다 의정부행 전철을 탔다.

서울 집에 도착한 것은 여섯 시가 넘어서였다. 아버지는 주방에서 대파를 썰고 있었다. 대파 써는 소리는 규칙적이고 정교했다. 그 소리를 듣고 있으면 아버지만 있어도 된다는 생각이 들었다. 어느새 나는 엄마가 없는 집에 익숙했다. 아버지는 가스레인지 위의 냄비에 손가락 크기로 썬 대파를 집어넣었다.

─또 육개장이야?

나는 대파를 보고 말했다.

―히로시와 밥 먹기로 했어. 환송 파티 겸.

나는 재킷을 벗어 의자에 걸쳤다. 아버지가 시장에 다녀왔는지 식탁 위에 놓인 비닐봉지 안에는 보라색 감자가 들어 있었다. 아버지는 고기를 사러 간 김에 감자 오천 원어치를 사 왔다고 했다.

―날도 더운데 조끼는 왜 입었어……. 일 없으니까 심심해?

―내 일은 좀 웃긴 거 같아. 사람이 죽어야만 일을 할 수 있으니까. 그래서 어느 땐 내가 사람이 죽기만 기다리는 것 같아.

아버지는 국자로 국물을 떠 맛을 본 후 나를 돌아보았다. 마침 히로시가 현관문을 열고 들어왔다. 나는 감자가 담긴 비닐봉지를 내려놓고 히로시를 식탁 앞에 앉혔다. 히로시가 한국 음식 중 가장 좋아하는 게 육개장이었다. 아버지는 냉장고에서 반찬을 꺼내 식탁에 놓고 밥을 펐다. 그사이 나는 수저를 챙기고 생수를 식탁 가운데에 놓았다가 다시 가장자리로 옮겼다. 그걸 본 아버지가 미소를 짓고는 육개장을 대접에 퍼서 히로시 앞에 놓았다. 히로시와 나란히 앉아 육개장 국물을 떠먹었다.

―장례식장 음식 같아.

내 말에 히로시는 피식 웃으며 국물이 개운하다고 했다. 아버지도 국물을 한 모금 떠먹더니 엄마와 육개장을 먹었던 추억을 이야기했다.

—20여 년 전 네 엄마 친구의 부고를 듣고 전주에 갔었어. 네 엄마 친구가 병으로 죽은 거야. 일 끝나고 세 시간 동안 차를 몰고 가서 부의금 내고 육개장을 먹었지. 그때 먹은 육개장이 내 인생에서 가장 맛있었어. 장례식장 육개장 먹고 한식 자격증까지 땄으니 말 다했지. 그날을 생각하면 지금도 기가 막혀. 다른 사람 빈소에 가서 부의금 넣고 밥을 먹었던 거야. 젊을 적 사진을 영정 사진으로 쓴 줄 알고 의심도 않고 절을 한 거지. 그런데 다른 사람이었어.

장례식장 일을 하면서 나는 상주가 고인의 젊을 적 사진을 영정 사진으로 쓰겠다고 고집을 피우는 경우를 종종 봤다. 물론 이와 반대로 너무 젊을 적 사진을 썼다며 바꾸는 경우도 있었다. 웃는 사진을 쓰면 너무 웃어 보기 안 좋다고 바꾸고 웃지 않는 사진을 쓰면 마음에 안 든다고 바꾸기도 했다. 영정 사진을 세 번이나 바꾼 적도 있었다. 노인이 죽었는데 40대에 찍은 사진을 영정 사진으로 쓴 것이다. 그럴 때면 조문객들은 다른 사람의 장례식에 온 것 같다며 한마디씩 쓴소리를 했다.

—육개장에 들어간 대파도 달고 맛있어요.

땀을 뻘뻘 흘리며 히로시는 한 그릇을 다 먹었다. 히로시는 지금껏 먹어본 육개장 중 아버지가 만든 게 가장 맛있다고 칭찬을 했다. 식사가 끝나고 히로시는 고베로 보낼 물건을 싸야 한다며 일찍 자리에서 일어나 나갔다. 아버지는 히로시가 방으로 들어갈 때까지 바라보았다.

—히로시는 가족이었는데.

아버지는 식탁 위의 그릇과 수저를 들고 싱크대로 가서 설거지를 했다. 나는 행주로 식탁을 닦으며 엄마는 가족일까, 아닐까, 생각했다. 이제껏 엄마는 가족이라고 생각했는데 어쩌면 가족이 아닐지도 모르겠다는 생각이 불쑥 들었다. 이제 엄마와 이 집에서 함께 산 시간보다 떨어져 산 시간이 더 많았다.

—엄마는 잘 있나?

지난번 다녀간 후 엄마에게 연락이 없어 나는 아버지에게 물었다.

—가이드 일 갔겠지.

—요즘 관광객들 데리고 다니기도 귀찮다고 했는데.

—실은 그날 네 엄마와 영정 사진 찍었다. 네 누나가 죽은 날에 영정 사진을 찍는 것도 나쁘지 않을 것 같아서.

그날이라면 아버지와 엄마가 오타루에 가려다 말고 돌아온 날이었다. 괜히 심술이 난 나는 영정 사진을 찍기엔 너무 이른 나이라며 투덜댔다.

—사람 일은 모르니까. 다른 사람들 영정 사진은 찍게 하고 내 건 찍지 않은 거야. 다른 사람들에게는 죽음을 준비하라 해놓고 내 죽음은 준비하지 않았더라고. 뒷집 아저씨가 그렇게 허무하게 돌아가실 줄 누가 알았겠냐고.

돌이켜 보면 아버지는 아죽사 모임을 만들고 그곳에서 죽음에 대한 이야기를 나누면서 누나의 죽음도 생각했을 것이다. 어쩌면 아버지는 누나의 죽음을 잊지 않기 위해 이혼한 엄마를 만나는지도 몰랐다.

나는 설거지를 하는 아버지의 등을 오래도록 바라보았다. 이제껏 혼자라고 느낀 적은 없었는데 불현듯 혼자가 된 것 같았다. 10년이 흐르고 20년이 흐른 뒤에도 아버지가 내 곁에 있을 거라고 생각했는데 머잖아 그렇지 않을 수도 있었다. 앞으로 아버지는 점점 더 작아질 것이다. 머리카락은 하얘지고 피부에는 하나둘 검버섯이 피고 이마의 주름살은 깊어지고 시력은 갈수록 나빠질 것이다. 아버지가 늙어갈 모습을 상상하자 말할 수 없이 쓸쓸해졌다.

—아버지가 죽으면 난 가족이 없네.

나는 싱크대에 행주를 던지며 말했다. 세제가 묻은 손을 털며 아버지가 나를 쳐다보았다.

—네 엄마 있잖아.

—엄마가 가족이야?

—당연히 가족이지.

—같이 안 사는데 무슨 가족이야. 손님이지.

아버지는 아무런 말을 하지 않았다. 엄마에게 전화를 하려고 휴대폰을 들었다가 가족인지 확신이 서지 않아 그만두었다. 가족이란 뭘까. 아버지와 이혼해서 같이 살지 않고 다른 남자와 사는 엄마를 가족이라고 할 수 있을까.

6

　―잘 가. 히로시.

　아버지는 헬멧을 쓴 히로시와 악수를 했다. 물건은 국제택
배로 보낸 후라 히로시는 어깨에 가방 하나 달랑 메고 있었
다. 맨 처음 한국에 올 때 메고 온 가방이었다. 오토바이에 히
로시를 태우고 내려가다 장례식장 앞에 멈춰서는 내년에 벚
꽃을 보러 오라고 했다. 히로시가 고개를 끄덕이는 걸 보고
액셀을 당겨 서대문역으로 내려갔다. 아현동을 지나 마포대
교를 타고 김포공항을 향해 달렸다.

　오후 시간이라 도로는 한산했다. 당산을 지날 때 배달 오
토바이 한 대가 내 앞을 스쳐 지나갔다. 오토바이는 지그재
그로 차들 사이를 빠져나가 금세 시야에서 사라졌다. 뒤따

라오는 차가 신경 쓰여 속도를 높였다. 뒤차도 덩달아 속도를 높이며 따라왔다.

사거리 신호등 앞에서 브레이크를 잡았는데 뒤차가 차선을 넘어와 위협적으로 옆에 붙여 세웠다. 운전자가 창을 내리고 나를 노려보며 인상을 구겼다. 운전자의 입에서 욕이 튀어나올 것 같아 무시하고 정면만 바라보았다. 신호등이 녹색불로 바뀌었을 때 차는 내 앞으로 끼어들어 달렸다.

가다 서다를 반복하며 김포공항 국제선에 도착했을 때는 세 시 반이었다. 공항 주차장에 오토바이를 세우자 히로시가 헬멧을 벗어 내게 주었다. 두 개의 헬멧을 팔뚝에 끼고 히로시와 국제선 청사로 들어갔다.

공항 대합실에 비치된 무인발권기에서 히로시는 예매한 티켓을 뽑았다. 16시 35분 간사이공항으로 가는 비행기였다. 직항이 없기 때문에 오사카의 간사이공항에 내려 차를 타고 고베로 가야 했다. 김포에서 간사이공항까지 두 시간 정도 소요됐는데 도착 시간은 18시 25분이었다. 간사이공항에서 고베까지는 차로 한 시간 정도의 거리였다.

—고베 남자는 서울 사람 같고 오사카 남자는 부산 사람 같다고 하던데.

내 말에 히로시가 웃었다.

—고베 남자들이 멋쟁이야. 로맨틱하지. 그에 반해 오사카 남자는 까칠해.

　—아무리 그렇다 해도 빨간색 양복을 입고 다니는 고베 남자는 싫어. 근데 그 양복 어쨌어?

　히로시가 손으로 어깨에 멘 가방을 가리켰다.

　—여기 있어. 비행기에서 내리면 꺼내 입으려고. 고베에서 빨간색 양복을 입고 다니면 루팡이라고 불러.

　—루팡?

　나는 고개를 갸웃거렸다.

　—일본 만화 주인공인데 빨간색 양복을 입고 다니는 도둑이야. 잘생긴 도둑이라 여자들에게 인기가 많지. 일본에서 루팡을 모르는 사람은 없어. 내가 빨간색 양복을 입고 다니는 것도 이 만화를 본 후야.

　공항 대합실은 캐리어를 끌고 가는 사람들로 북적였다. 유니폼을 입은 항공사 승무원도 보였다. 한때는 승무원이 되어 세계 곳곳을 돌아다니며 살고 싶었으나 엄마가 여행사 가이드 일을 하면서 집을 비우는 걸 보고 일찍 꿈을 접었다.

　나는 자판기에서 히로시가 좋아하는 식혜를 뽑아 건넸다. 히로시는 캔 뚜껑을 따고 식혜를 마시며 창밖 풍경을 바라보았다. 공항 대합실로 걸어오던 노인이 캐리어를 놓치는 바람에 뚜껑이 열려 골프공이 굴러 나왔다. 노인이 캐리어를 내려 놓고 공을 주웠지만 그중 하나가 아스팔트까지 굴러가 지나 던 차에 밟혀 튕겨 나갔다. 노인은 골프공을 포기하고 공항 대합실로 들어와 내 옆자리에 앉더니 캐리어를 열어 안을 정 리했다. 캐리어 안에는 골프공이 수십 개 들어 있었다.

—난 김포공항과 인연 많아. 처음 서울에 올 때도 김포공 항으로 입국했어.

히로시가 말했다.

—난 공항이 싫어. 이렇게 헤어지니까.

—또 만날 수 있는 곳이기도 해. 다음에 내가 올 때 이곳에 서 만나자. 밤이 깊은 김포공항 비가 내리고…… 떠나간 그 사람…….

히로시가 작은 목소리로 노래를 불렀다. 김포공항에서 이 노래를 부르니 가사를 쓴 작사가의 마음을 이해할 것 같다고 했다. 히로시는 아버지에게 〈고이비토요〉라는 노래를 가르 쳐주었고 아버지는 답례처럼 히로시에게 〈김포공항〉이란 노 래를 가르쳐주었다. 〈고이비토요〉를 알기 전에 아버지는 줄 곧 〈김포공항〉이란 노래만 불렀다.

나는 휴대폰으로 검색해 〈김포공항〉이란 노래를 찾았다. 그러고는 주머니에서 이어폰을 꺼내 귀에 꽂고 한쪽은 히로시의 귀에 대줬다. 베이징발 항공편이 출발지 기상 악화로 도착 지연된다는 안내 방송이 나왔다. 도쿄에서 오는 비행기도 10여 분 지연되고 있었다. 휴대폰으로 고베의 저녁 날씨를 살펴보니 다행히 맑음이었다.

—방콕 날씨는 어떤가?

내가 날씨 검색을 하는 걸 보고 옆자리에 앉은 노인이 물었다. 방콕 날씨는 아주 좋다고 했다.

—날씨가 좋아 다행이나 아들놈 골프공을 잃어버려 걱정이야. 아들놈은 성격이 유별나서 골프공 개수까지 기억하거든.

듣고 보니 노인은 아들의 골프 가방을 메고 방콕에 가는 길이었다. 노인은 아들이 방콕에서 한국 관광객을 상대로 현지 특산물을 제조해 파는 일을 한다고 했다. 묻지도 않은 이야기를 하더니 노인은 골프 가방을 메고 캐리어를 끌면서 식당가로 갔다. 히로시가 다 마신 식혜 캔을 버리고 나를 안아주는데 빨간색 양복을 입은 아죽사 회원들이 우르르 들어왔다.

—히로시가 만들어준 양복 입고 배웅하려고.

노인은 미리 환송회를 했지만 그것만으론 아쉬워 다 함께 버스를 타고 왔다고 했다. 나를 관 속에 밀어 넣은 노인이었다.

—안 오셔도 되는데 이렇게 오셨네요. 고맙습니다.

히로시가 머리를 긁적이며 말했다.

—우리가 고맙지. 멋진 양복도 공짜로 받고.

노인이 말했다.

—제가 아죽사 회원들에게 주는 선물이에요. 제가 할 수 있는 게 옷 만드는 기술밖에 없어서요. 그리고 언제 한번 고베에 놀러 오세요.

회원들이 일제히 놀러 가겠다고 했다. 노인은 아직 고베에 가보지 않았다면서 언제든지 불러달라고 했다.

—그때도 빨간색 양복 입고 갈게.

지나가는 사람들이 빨간색 양복을 입은 아죽사 회원들을 신기한 표정으로 바라보았다. 히로시는 노인들과 일일이 악수를 한 뒤 깜박 잊은 게 있다며 내게로 왔다. 내 방에 있는 화초에 물 줘. 재호에게 화초를 준다는 걸 깜빡했어. 물을 주지 않으면 죽어. 히로시는 그 말을 하고 검색대로 들어갔다. 히로시가 보이지 않을 때까지 나는 손을 흔들어주었다.

아죽사 회원들과 헤어지고 나서 오토바이를 세워둔 주차장으로 갔다. 머리 위로 날아가는 수십 마리의 잠자리들이 햇빛에 반짝였다. 오토바이에 앉아 잠자리들이 날아가는 하늘을 바라보았다. 비행기 한 대가 잠자리 위로 날아올라 나는 두 손을 번쩍 들어 흔들었다. 얼마 안 있어 비행기가 또 날아올랐다. 히로시가 알아보지 못할까 봐 헬멧을 마구 흔들었다. 잘 가, 히로시.

다시 오토바이를 타고 한 시간 만에 집에 도착했을 때 엄마가 와 있었다. 엄마의 뺨이 시퍼렇게 멍든 걸 보고 그게 내 탓인 것 같아 미안했다. 화장으로 가리기는 했지만 확연하게 티가 나 무슨 일이 있었는지 알 것 같았다.

—아무리 그래도 그렇지 이게 뭐야. 말로 할 수 있잖아.

그때 누나의 방에서 고호가 나왔다. 고호는 키가 10센티는 넘게 자라 있었다. 피부는 엄마를 닮아 뽀얗고 머리카락은 곱슬이었다. 고호가 집에 온 것은 4년 만인데 길에서 만나면 못 알아보고 지나칠 정도로 외모가 변해 있었다. 어색한 표정으로 인사하는 고호에게 오랜만이라고 했다.

—엄마는 이곳으로 피신한 거예요.

고호는 조용조용하게 말했다. 엄마는 나를 피해 달걀을 들고 식탁 앞에 앉아 뺨을 문질렀다. 고호와 있는 게 불편해 방으로 들어가는데 주방에서 요리를 하던 아버지가 시금치를 다듬어달라고 했다. 고호가 바구니를 받아 들고 형, 하며 내 손목을 잡아당겼다.

어쩔 수 없이 나란히 식탁 앞에 앉았다. 내가 칼로 시금치 뿌리를 끊으면 고호는 시든 잎을 떼어냈다. 조용조용하게 말하는 것 하며 머뭇거리는 표정이 어딘지 모르게 누나와 비슷했다. 어쩌면 내가 고호를 피하려는 것도 누나를 닮아서인지 몰랐다. 엄마는 나와 고호를 번갈아 보며 미소를 지었다. 아버지도 기분이 좋은지 상추겉절이를 무치면서 히로시에게 배운 노래를 흥얼거렸다.

시금치를 다듬고 났을 때 아버지가 이번엔 대파를 가져다주었다. 내가 흙이 묻은 대파 뿌리를 자르면 고호는 껍질을 벗긴 후 시든 줄기를 떼어냈다. 고호는 집에서 자주 해봤다면서 대파 껍질을 잘 벗겼다. 어릴 적 누나와 내가 곧잘 하던 일이었다. 대파를 다듬던 손으로 나는 고호의 코를 비틀었다. 고호도 내 코를 비틀었다. 코가 매워서 얼른 욕실로 들어가 씻었다. 뒤따라 들어온 고호가 욕조에 담긴 물을 바가지로 떠서 코를 씻으며 웃었다. 수건을 건네주고 나오는데 고호가 나를 불렀다.

—제가 와서 불편하진 않죠?

나는 억지로 미소를 지으며 괜찮다고 했다.

—형과 있으니까 좋네요. 대파 까면서 장난도 치고. 형과 같이 살면 좋을 텐데. 전 늘 형이 있으면 좋겠다고 생각했어요.

순간 고호가 또 하나의 나처럼 느껴졌다. 부모님이 이혼한 후 학교에서 돌아오면 언제나 나는 혼자였다. 그래서 늘 누나와 갔던 역사박물관과 홍난파의 집을 찾아갔다. 그곳에 가면 누나가 나를 기다리고 있을 것 같았다. 하지만 누나는 없었다. 그렇게 혼자 일대를 돌아다니던 어느 날 장례식장 아래쪽에 맥도날드가 개업하는 걸 보았다.

개업 첫날이라고 가게 앞은 햄버거를 사 먹으려는 사람들로 북적였다. 가게 입구에서 무지개 색깔 옷을 입고 얼굴에 분칠을 한 피에로가 지나가는 사람들에게 풍선을 나눠주었다. 피에로는 나무 막대처럼 긴 족장을 신어 키가 나보다 세 배는 컸는데, 발을 뗄 때마다 족장이 흔들려 튤립 봉오리처럼 생긴 바지 자락이 출렁였다. 피에로는 풍선에 바람을 넣은 뒤 내게 주려고 허리를 숙였다. 피에로가 덮칠까 봐 뒤로 한 발 물러나 풍선을 받고는 재빠르게 가게로 들어갔다.

가게 안은 사람들로 발 디딜 틈이 없었다. 햄버거와 콜라를 사서 겨우 창가에 자리를 잡고 앉았다. 피에로는 여전히 지나가는 사람들에게 풍선을 나눠주고 있었다. 때로는 엄마와 동행한 아이들에게 휘청휘청 걸어가 입으로 풍선을 불어 보이면서 관심을 끌기도 했다.

심심해진 나는 손가락으로 풍선을 튕겼다. 풍선은 유리창을 맞고 튀어 올랐다. 키가 큰 누군가가 손을 위로 뻗어 풍선을 건드렸다. 건너편으로 튕겨 간 풍선을 잡으려고 의자를 밀치고 뛰어갔다. 폴짝 뛰어 잡으려는 순간 또 다른 남자가 풍선을 쳤다. 풍선은 옆으로 밀려나며 유리창을 맞고 공중으로 튀어 올랐다. 그런 뒤 매대 쪽으로 날아갔다. 또 의자를 밀치고 달려가 잡으려는데 뒤에 있던 남자가 풍선 주둥이를 잡아 내게 건네주었다. 홍난파의 집에서 본 남자였다.

남자는 나를 보더니 누나는 어디 가고 혼자 노냐고 물었다. 누나가 죽었다는 말이 차마 입에서 나오지 않았다. 남자는 내 머리를 쓰다듬어주고는 홍난파의 집에 놀러 오라고 했다. 하지만 나는 홍난파의 집에 가지 않고 다음 날도 맥도날드에 갔다. 햄버거를 먹는 사람들을 보고 있으면 혼자라는 생각이 들지 않았다. 그들과 같이 한 식탁에 앉아 햄버거를 먹는 가족 같았다.

맥도날드에서의 시간은 느리게 흘렀다. 장례식장에 조문 온 사람들이 잠깐 들러 콜라를 마시고 가기도 했고 우연히 간판을 보고 들어와 햄버거를 먹는 사람도 있었다. 나는 햄버거를 먹고 나면 잡지를 보면서 콜라를 리필해 마셨다. 그것도 지겨우면 들어오고 나가는 사람들 수를 셌다. 한 사람, 두 사람, 세 사람…… 일곱 사람, 여덟 사람, 아홉 사람…… 마흔여섯, 마흔일곱, 마흔여덟, 마흔아홉을 셌을 때 누나를 닮은 여자아이가 문을 열고 들어왔다. 같은 학교에 다니는 아이였다.

풍선을 들고 슬그머니 햄버거를 먹는 여자아이 앞에 가서 앉았다. 여자아이는 새초롬한 표정으로 다른 자리로 갔다. 다시 그 앞에 가서 마주 앉아 풍선을 밀어주며 햄버거가 맛있냐고 물었다. 여자아이는 풍선에는 관심조차 갖지 않고 햄버거를 먹는 일에만 몰두했다. 그만 봐. 내 얼굴에 껌이라도 묻었니? 내 얼굴 닳겠어.

나는 여자아이 옆으로 의자를 끌어당겨 앉으며 말했다. 네가 문을 열고 들어올 때 누나가 오는 줄 알았어. 정말 넌 내 누나와 너무 닮았어. 여자아이의 얼굴이 일그러졌다. 매대에서 햄버거를 하나 사 와 여자아이에게 주었다. 여자아이가 햄버거를 먹는 동안 나는 누나와 놀던 역사박물관 앞 플라타너스와 홍난파의 집 이야기를 했다. 여자아이는 내 콜라를 가져다 마시고는 네 누나는 죽었잖아, 하고 밖으로 나갔다.

여자아이는 피에로가 건네준 풍선을 들고 서대문역 쪽으로 내려갔다. 창으로 여자아이를 바라보며 손톱으로 풍선을 할퀴었다. 뺑, 소리를 내며 풍선이 터졌다. 주변에 앉아 있던 사람들이 얼굴을 찡그리고는 나를 쳐다보았다.

다음 날 나는 맥도날드에 가서 여자아이를 기다렸다. 마흔

하나, 마흔둘, 마흔셋, 마흔넷…… 마흔아홉까지 세면 문을
열고 들어올 것 같았지만 여자아이는 백을 세어도 오지 않았
다. 여자아이가 오지 않자 맥도날드에 앉아 있는 시간이 지루
해졌다. 마치 시간이 맥도날드 안에 고여버린 것 같았다. 그
다음 날에도 여자아이는 오지 않았다.

　—난 어디 앉아요?

　내가 어릴 적 일을 떠올리는 사이 고호가 물었다. 나는 누
나 자리를 가리켰다. 내가 자리에 앉자 고호가 뒤따라와서 옆
에 앉았다. 누나가 죽은 후 처음으로 4인용 식탁이 꽉 찼다.

　—진짜 가족 같아요. 우리 집에서 밥 먹을 땐 언제나 조용
히 밥만 먹거든요.

　고호가 밥을 먹으며 말했다. 나는 누나 자리에 앉은 고호를
보며 네 사람이 진짜 가족이면 어떨까라는 생각을 했다. 엄마
도 다시 들어와 살고 누나 대신 고호가 있으면 이 식탁이 전
처럼 꽉 찰 것이다.

　아버지는 고호 앞으로 상추겉절이가 담긴 그릇을 밀어주
었다. 고호는 상추겉절이를 먹더니 엄마가 만든 것보다 맛있
다고 했다. 엄마는 대부분의 반찬을 백화점 지하 식품 매장에
서 사 온다는 것이다. 나와 고호가 식성이 비슷하다는 엄마의
말에 아버지는 한술 더 떠 우리가 닮았다고 말했다. 엄마는

미소를 짓더니 화제를 돌렸다.

　—히로시 방 세놓을 때 이번엔 올려 받아. 요즘 세가 많이 올랐잖아.

　엄마의 말에 아버지는 고개를 끄덕였다.

　—알았어……. 히로시 없다고 집 안이 휑하네.

　—갈 사람은 가야지. 평생 여기서 살 순 없잖아.

　—히로시와 이 집에서 오래 살았는데……. 당신과 이혼하고부터 살았으니까. 히로시가 당신의 빈자리를 메워줬지. 재호한테도 마찬가지고.

　—나도 히로시가 들어와 안심한 면도 있어. 빈자리에 누가 들어오면 기댈 사람이 생기니까.

　히로시 이야기가 끝나자 숟가락과 젓가락이 달그락거리는 소리만 났다. 나는 밥을 먹으며 이따금 고호를 바라보았다. 늘 비었던˚ 자리에 고호가 앉아 있어 든든했다. 하지만 그런 순간은 오래가지 못했다. 어딘지 모르게 고호와 있는 게 어색했다. 고호와는 진짜 가족이 될 수 없었다. 누나의 자리를 고호가 대신할 수는 없을 테니까.

　—내 자리가 죽은 누나가 앉은 자리인가 봐요?

　엄마는 놀란 눈치였지만 가타부타 말을 하지는 않았다. 고호는 밥을 먹으며 말을 이었다.

―이제야 엄마가 왜 여기에 오는 줄 알았어요.

김치를 집던 엄마와 내 눈이 마주쳤다. 엄마가 행복하게 사는 줄 알았는데 그렇지 않을 수도 있겠다는 생각이 들었다. 나는 무슨 이야기가 나올지 궁금해 고호에게 시선을 돌렸다.

―아까 죽은 누나 방에 들어가서 엄마를 이해한 거예요. 물론 아빠는 이해하지 못하겠지만. 내가 전에 형에게 우리 아빠 성격 말했잖아요. 우리 아빠는 어느 땐 너그러운 것 같으면서 엄마와 싸울 땐 너그럽지 않다고. 실은 엄마가 여기 오는 걸 알고 아빠가 때린 거예요. 형 아버지와 오타루에 가려고 한 것도요.

―당신 더는 여기 오지 마.

아버지는 의자를 밀치고 일어났다. 의자가 뒤로 넘어지면서 쾅 소리를 냈다. 그제야 고호는 자신이 무슨 말을 한 줄 알고 머리를 긁적였다. 고호가 죄송하다고 했지만 아버지의 화는 누그러지지 않았다. 화를 참지 못하고 아버지는 손톱으로 식탁을 탁탁탁탁 치더니 큰소리를 냈다.

―당신 아무 일 없이 잘 산다며?

―잘 살고 있어. 아무 일 있이.

―뭐?

―아무 일 있이 잘 살고 있다고.

―지금 말장난해? 아무 일 있든 아무 일 없든, 잘 사는 얼굴이 이거야? 이게 뭐냐고? 내가 이럴 줄 알았어.

　아버지는 엄마를 쏘아보고는 방으로 들어갔다. 고호는 넘어진 의자를 세우고 안절부절못하며 엄마 주변을 맴돌았다. 엄마는 한숨을 내쉬고 자리에서 일어나 창가로 갔다. 무엇을 봤는지 엄마가 통유리창을 열어젖혔다. 엄마의 눈에도 하얀 뱀이 보이는 걸까. 그때 내 몸이 맥없이 옆으로 기울었다. 통유리창이 흔들렸다. 식탁 위의 접시가 미끄러지고 젓가락 한 짝이 떨어졌다.

　―지진이야.

　엄마가 말했다. 동시에 아버지가 방문을 밀치고 나와 뭐가 흔들리지 않았냐고 물었다. 엄마는 지진이 났다고 했다. 우리나라에서 지진이 일어난다는 게 말이 돼? 지금까지 그런 적이 없었잖아? 아버지가 따지듯 물었지만 엄마는 지진이 분명하다고 했다. 일본에서 이런 경우를 여러 번 경험했다는 것이다.

　휴대폰으로 실시간 뉴스를 검색하자 경주에서 지진이 났다는 기사가 떠 있었다. 사람들이 집을 나와 운동장으로 대피하는 사진과 한가운데가 갈라진 왕릉 사진도 속속 올라왔다. 경주는 조선시대에도 지진이 일어난 곳이라고 기사 끝에 나와 있었다. 경주에서 난 지진이 서울까지 영향을 미쳤다는 게 믿기지 않아 또 다른 기사를 검색하는데 엄마의 휴대폰이 울렸다.

엄마는 액정에 뜬 이름을 보고는 휴대폰을 들고 누나의 방으로 들어갔다. 나는 마리가 경주에 있다는 걸 떠올리고 걱정이 되어 전화를 걸었다. 한참 동안 신호음이 가도 마리는 받지 않았다. 마리에게 아무 일 없기를 기도했다.

잠시 후 엄마는 누나의 방에서 나와 집으로 돌아가겠다고 했다. 지진이 또 일어날지 모른다며 나중에 가라고 했으나 엄마는 듣지 않고 의자에 걸어놓은 핸드백을 낚아챘다. 고호는 아버지에게 인사를 하고 부랴부랴 엄마를 따라 나갔다.

나는 티슈를 몇 장 뽑아 들고 고호의 뒤를 따랐다. 골목 입구에 주차해둔 차에 고호가 타는 걸 보고 얼른 엄마에게 티슈를 건네주었다. 엄마는 티슈를 받아 룸미러를 보며 눈가를 닦고는 곧장 차를 출발시켰다. 차가 장례식장 아래로 내려가는 걸 확인하고 집으로 들어왔다. 의자에 앉아 있는 아버지의 얼굴이 어두웠다. 순간 나는 알았다. 아버지는 엄마가 싫어서 큰소리를 낸 게 아니라, 엄마가 고호 아빠와 이혼할까 봐 걱정을 한 것이었다. 그러면서 한편으로는 엄마가 더는 오지 않을까 봐 불안해하고 있었다.

언제까지 이렇게 살아야 할까. 엄마는 엄마의 인생을 살고 아버지는 아버지의 인생을 살아야 하는데 지금은 그렇지 못했다. 아버지는 엄마에게 삶의 한쪽을 기대고 있었고 엄마 역시 마찬가지였다. 그제야 나는 두 사람이 이혼을 했음에도 누나 때문에 서로의 어깨에 기대어 산다는 생각이 들었다. 하지만 더는 이런 생활이 계속되지 않을 것 같다는 예감도 들었다.

아버지가 방으로 들어간 후 나는 밖으로 나가 마당을 한 바퀴 돌았다. 다섯 바퀴를 돌면서부터 서서히 몸에서 땀이 나 더 빨리 마당을 돌았다. 열 바퀴를 돌았을 때 마리에게 전화가 왔다.

—서울도 흔들렸다며?

마리가 다급한 목소리로 물었다.

—내 생에 지진을 경험할 줄은 몰랐어. 근데 거긴 심한 것 같던데?

—난 땅이 진동하는 걸 느꼈어. 마당에서 호미로 풀을 뽑는데 땅에 있던 돌이 혼자 움직였어. 기와 하나가 맥없이 땅바닥에 떨어져 깨졌고. 난 괜찮아.

마리는 숨을 고른 뒤 조만간 서울로 올라간다고 말했다. 아버지가 도박으로 집을 날려 앞으로는 월세방에서 살아야 하는데 이제 더는 날릴 돈이 없어 차라리 잘된 건지도 모르겠다고 했다. 결국 마리 아버지는 부품공장에 들어갔다고 했다.

마리의 목소리는 어딘지 모르게 편하게 들렸다. 전화를 끊었을 때 누군가 내 이름을 불러 돌아보니 팀장이 대문 앞에 서 있었다.

—여기도 흔들렸지?

팀장이 물었다.

—흔들렸어요.

—괜찮아? 다치진 않았어? 아버지는?

—아버지는 안에 계세요. 어쩐 일로 오셨어요?

—너랑 아버지 걱정돼서 왔지.

—전화를 하시지 그랬어요.

—네 아버지는 적극적인 여자 좋아한다며.

—그렇긴 하죠. 근데 몰라보겠어요.

팀장이 내 손등을 때렸다. 머리를 커트하고 살을 빼서인지 꽃무늬 원피스가 팀장에게 잘 어울렸다.

—네 엄마 보고 신경 좀 썼어. 한동안 저녁도 굶고 다이어트 좀 했지.

—보기 좋은데요. 짧은 시간에 이렇게. 노력이 대단하세요.

팀장을 데리고 들어가자 아버지는 엄마가 다시 온 줄 알고 방에서 나왔다. 그런데 팀장이라는 걸 알고 표정이 달라졌다. 나는 팀장의 손을 잡아끌어 엄마 자리에 앉혔다. 엄마와 고호 일로 충격이 가시지 않았는지 아버지는 별다른 말을 하지 않았다. 팀장은 지진이 나는 순간 아버지가 가장 먼저 떠올랐다고 말했다.

—그래서 말인데 제가 당분간 기다릴게요. 재호 엄마와 마음을 정리할 때까지.

아버지는 대답을 않고 손톱으로 식탁을 톡톡 두드렸다. 어색한 침묵이 흘렀다. 이러다간 계속 식탁만 두드리다 끝날 것 같아 아버지 대신 내가 말했다.

—이젠 나도 남자 둘이 사는 게 지겨워. 아버지 음식은 만날 짜니까. 팀장님이 해준 음식도 먹고 싶어. 팀장님이 우리 집에 있어야 엄마도 안 올 거 아냐.

아버지의 얼굴이 창백하게 변했다. 말을 하지는 않았지만 내 말뜻을 이해하는 눈치였다. 아버지는 언제나 엄마를 먼저 생각했으니까. 분위기가 가라앉자 팀장이 호들갑을 떨었다.

—날 생각해주는 사람은 재호밖에 없구나. 난 이런 아들 하나 있으면 원이 없겠다. 근데 저 그림 참 멋지다.

—아버지가 좋아하는 그림이에요.

—나도 맘에 든다. 저기 앉아 있는 사람이 네 아버지와 나 같아서.

두 사람이 이야기하도록 자리를 피해 마당으로 나갔다. 이상하게 계속 몸이 흔들리는 기분이 들었다. 또 지진이 일어날까 봐 마당에 서서 두 사람을 바라보았다. 아버지가 오렌지를 까서 팀장의 접시에 놓아주고 있었다. 얼굴은 보이지 않았으나 뒷모습만으로도 팀장이 들떠 있는 게 느껴졌다. 뭔가 달라진 아버지를 지켜보다 히로시의 방으로 들어갔다.

벌거벗은 마네킹들은 보이지 않고 거실은 텅 비어 있었다. 나는 창문틀에 놓인 화초에 물을 준 뒤 벽에 기대 눈을 감았다. 냉장고 모터 돌아가는 소리가 규칙적으로 났다. 히로시가 냉장고 코드를 뽑지 않고 간 것이었다. 얼마 지나지 않아 모터 소리는 멈췄다. 골목길을 뛰어가는 아이들의 목소리와 앰뷸런스 소리가 들렸다. 눈을 뜨자 아이들의 목소리도 사라지고 앰뷸런스 소리도 들리지 않았다.

냉장고 앞으로 갔다. 코드를 뽑다 냉장고와 벽 사이에 낀 빵을 발견했다. 유효기간이 지난 빵은 곰팡이가 피어 있었다. 휴지통에 빵을 버리고 냉장고 문을 열었는데 플라스틱 통 하나가 눈에 들어왔다. 뚜껑을 열어보니 안에는 아버지가 준 색색의 단무지가 들어 있었다. 단무지를 하나 집어 입에 넣고 썹었다. 아사삭거리는 소리가 나면서 단맛이 입안에 퍼졌다.

7

일요일 오후, 덕수궁 앞은 북적였다.

출입문 앞에서 흑인들이 흥겨운 리듬에 맞춰 춤을 추고 있었다. 레게머리를 한 흑인이 격렬하게 엉덩이를 흔들자 주변의 관광객들이 환호성을 질렀다. 레게머리는 두 손을 머리 위로 쳐들고 폴짝폴짝 뛰면서 후루루루, 후루루루, 소리를 냈다. 열 명 정도가 어우러져 춤을 추는 걸 보고 있는데 가슴 밑바닥에서 외로움이 밀려왔다. 그때 레게머리가 다가와 손을 내밀었다. 얼떨결에 그 손을 잡았다. 춤을 추던 흑인 남자들과 여자들이 나를 에워쌌다가 원을 그리며 뒤로 물러났다.

분위기가 무르익었을 때 흑인들은 구경하던 사람들을 하나둘 불러내 손을 잡고 춤을 췄다. 내가 스텝이 꼬여 상대의 발을 밟는 걸 보고 옆에서 춤을 추던 흑인이 파트너 체인지를 했다. 오른쪽으로 이동해 옆에 있는 여자의 손을 잡고 빙글빙글 돌다 마리를 발견하고 무리에서 빠져나왔다.

―사람들 속에 섞이면 외로움이 사라질 줄 알았는데.

―그런다고 외로움이 사라질까.

―하긴.

―난 사람들과 잘 못 섞여 알바를 그만둔 적이 많아. 여럿이 일하는 건 정말 피곤해.

―그래선지 몰라도 어느 땐 장례식장 일이 맞는 것도 같아. 이 일은 셋만 마음이 맞으면 되니까.

―진상이 없다는 게 이 일의 장점이야. 가끔 진상을 떠는 조문객도 있지만 어차피 그들은 몇 시간 있다 가니까. 특별히 뭘 요구하는 조문객도 없고. 술만 잘 가져다주면 되잖아.

표를 두 장 끊어 마리와 덕수궁 안으로 들어갔다. 밖과 달리 안은 한산했다. 밤의 맥도날드처럼 시간도 느리게 흘러갔다. 한 무리의 외국인 관광객이 가이드를 따라 안쪽으로 들어가고 있었다. 관광객이 시야에서 사라진 후 손가락을 입에 넣어 후루루루 소리를 흉내 냈다. 하지만 소리가 되어 나오지 않았다.

맑은 하늘에서 빗방울이 떨어졌다. 비를 피해 오른쪽 건물

처마 밑으로 들어가 발을 내밀었다. 빗물이 쳐들어와 발목을 적셨다. 마리의 발목에도 빗방울이 떨어졌다. 나는 발을 끌어당겨 처마 밑 벽에 등을 기댔다. 서너 명의 사람들이 비를 맞으며 밖으로 뛰어나갔다.

—낮에 만나니까 뭔가 빼먹고 나온 기분이야.

—나도 그래.

얼마 못 가 비는 그치고 처마 밑으로 햇빛이 쏟아져 들어왔다. 그 너머로 시청 건물이 보였다. 확성기를 튼 봉고차가 비가 내린 도로 위를 지나가는 소리가 들렸다. 하늘나라가 가까이 왔습니다, 여러분. 죽음이 두렵지 않습니까. 죽음이 두려우면 저에게 오십시오. 제가 죽음을 극복하는 방법을…… 영원히 살 수 있는 방법을 여러분에게……. 확성기 소리에 인상을 찌푸렸지만 영원히 사는 방법이 뭔가 궁금해 고개를 돌렸다. 그러나 클랙슨 소리에 묻혀 영원히 사는 방법은 들리지 않았다.

—밤이 될 때까지 기다릴까?

내가 말했다.

—밤이 되려면 아직 멀었는데.

—서너 시간만 있으면 밤이 올 건데 뭘.

—좋아, 그럼 밤이 될 때까지 기다리자. 근데 저 아저씨

좀 봐.

나는 마리가 가리킨 아저씨를 바라보았다. 푸른색 상하의 작업복을 입은 아저씨가 커다란 집게로 바닥에 떨어진 휴지를 줍고 있었다. 어디서 본 것 같지 않냐고 마리가 물었다. 내가 고개를 젓자 마리가 덕수궁 정문을 가리켰다.

—네가 이리 오너라 했을 때 본 아저씨 같아.

—설마.

—잘 봐. 덩치가 완전 비슷하잖아.

나는 죄를 지은 사람처럼 고개를 숙였다. 아저씨가 커다란 쓰레기봉투를 들고 안쪽으로 들어간 후에야 고개를 들고 궁 안을 돌았다. 외국인 관광객들은 어디로 갔는지 눈에 띄지 않았다. 담 너머에서 차 소리와 사람들 소리가 들렸으나 아득하게만 느껴졌다. 어릴 적 덕수궁에 놀러 온 이야기를 마리에게 해주고 있는데 아까 그 아저씨가 앞쪽에서 휴지를 줍고 있었다. 내 목소리를 알아들을까 봐 입을 다물고 마리의 손을 잡아채 출입문으로 뛰어갔다. 출입문 앞에서 마리가 뒤돌아서더니 이리 오너라, 이리 오너라, 하고 소리쳤다. 미쳤어. 왜 그래? 나는 마리의 손을 끌어당겨 돌담길을 뛰어갔다.

—그 사람 맞지?

마리가 걸음을 멈추고 물었다. 나는 고개를 저었다.

—우리를 보는 눈빛도 달랐어.

—정신 나간 아이들인 줄 알고 쳐다본 거겠지.

—아쉽다.

—뭐가?

—손바닥으로 문을 때리며 내가 이 궁의 주인이라고 소리치고 싶었는데. 그 밤에 그런 네 모습이 근사했거든.

담이 높아 덕수궁 안은 보이지 않고 울창한 나뭇가지들만 보였다. 돌담길 한쪽에서 한 여자가 빗물이 고인 바닥을 피해 천을 깔고 액세서리를 놓았다. 그 옆에서는 머리카락이 긴 남자가 의자에 앉은 여자의 초상화를 그리고 있었다. 돌담길 벽에는 그가 그린 초상화들이 한 뼘 간격으로 진열되어 있었다. 우리는 액세서리와 초상화를 구경하고 위쪽으로 올라갔다. 정동교회와 이화여고를 지나 프란치스코회 수도원까지 간 다음 맥도날드로 들어갔다. 콜라를 한 잔만 사서 마리와 늘 앉던 창가에 앉았다.

회색 옷을 입은 수녀 세 명이 한 손에 우산을 들고 지나갔다. 조금 후 짙은 밤색 옷을 입은 수사가 걸어갔다. 수사가 입은 옷이 길어 바닥에 끌렸다. 오늘은 장례식장보다 프란치스코회 수도원으로 가는 사람이 더 많았다. 서대문역에서 내린 사람들이 광화문으로 가려고 맥도날드 앞을 지나갔고 반대로 광화문역에서 내린 사람들은 서대문으로 가려고 이 앞을 지나갔다. 휠체어를 밀고 가는 사람도 있었고 유모차에 아이를 태우고 가는 엄마도 보였다. 그 사이로 검은 옷을 입은 여자가 횡단보도를 건너 장례식장으로 올라가는 게 보였다. 허공을 걸어가듯 여자의 걸음걸이가 휘청댔다. 아니나 다를까 출입문 앞에 주저앉은 여자가 손으로 바닥을 치면서 울었다. 옆에 있던 사람이 여자를 부축해 일으켜도 소용없었다. 여자의 통곡 소리가 우리가 있는 곳까지 들리는 것 같았다.

밤이 올 때까지 우리는 통유리창 앞에 앉아 장례식장을 바라보았다. 주변이 어두워지면서 지나가는 사람들의 수는 줄어들었고 서서히 배가 고파왔다. 우리는 맥도날드를 나와 해머링 맨 인근의 메밀국숫집으로 갔다. 70년 된 메밀국숫집 앞에는 10여 명이 줄을 서서 기다리고 있었다. 바로 앞에 선 아이가 엄마의 손을 잡은 채 솜사탕을 먹고 있었다. 맨 끝에 줄을 서서 30분을 기다렸다가 메밀국수를 먹은 뒤에 자판기 커피를 두 잔 뽑아 해머링 맨 앞으로 갔다.

—이 남자와 내가 닮은 것 같아. 평생 오도 가도 못하고 콘크리트 바닥에 발이 묶인 채 망치질만 하는 해머링 맨처럼 나도 평생 누나의 죽음이라는 족쇄를 차고 장례식장에서 죽은 이들 시중만 들면서 살아야 할 운명 같아.

마리가 안쓰러운 눈으로 쳐다보며 내 어깨에 팔을 휘감았다. 갑자기 왜 이래, 하고 마리에게 말했다. 마리는 단지 어깨동무한 것뿐이라고 했다. 어깨동무한 손을 떼어내려다 가만히 있었다.

—전에는 이러지 않았잖아?

—앞으로는 이러려고.

—혼자 사라지지나 마.

—알았어. 실은 지진이 난 순간 네가 생각났어.

그 순간 나도 네가 떠올랐다고 말했다.

—정말?

—사실 난 서울에 지진이 날 줄 몰랐어. 엄마와 히로시한테 지진 이야기를 들었을 때도 딴 나라 이야기인 줄 알았거든. 근데 서울에 지진이 난 거야. 난 지진이 났을 때 몸이 기우뚱거리는 걸 느끼면서 내 몸이 너를 향해 기울어졌다는 걸 알았어. 지진이 내 삶에서 가장 사랑하는 사람을 생각나게 해줬지. 그래서 말인데 이참에 해머링 맨에게 소원을 빌어야겠어.

—소원을?

—네가 전에 해머링 맨은 정규직이라고 했잖아. 그래서 말인데 해머링 맨에게 소원을 빌면 정규직이 될 것 같아. 해머링 맨은 지진에도 끄떡없었으니까.

—그럼 나도 빌어야겠다. 정규직이 되게 해달라고.

나는 해머링 맨처럼 오른손을 아래로 내리며 망치질을 했다. 한 번, 두 번, 세 번……. 마리도 자리에서 일어나 오른손을 움직이며 해머링 맨을 흉내 냈다. 지나가는 사람이 우리를 쳐다봤지만 신경 쓰지 않았다. 소원을 빌며 망치질을 하고 나서 해머링 맨을 배경으로 같이 사진을 찍었다. 웃어. 이젠 우리에게 좋은 일이 생길 거야.

마리에게 사진을 전송해주고 그것을 휴대폰 배경 화면으로 지정했다. 마리도 똑같이 따라 했다. 나는 해머링 맨 뒤편에 걸린 포스터를 보고 마리에게 영화를 관람하자고 했다. 좋다고 마리가 말했다. 마리와 해머링 맨 왼쪽에 있는 계단을 내려가 씨네큐브로 들어갔다.

—이 영화 히로시와 보려고 했는데. 히로시가 지루한 예술 영화 좋아하거든.

—히로시는 잘 갔어?

—응. 나중에 놀러 오래. 하와이가 아니라 고베로 나랑 놀러 갈래?

—그러려면 열심히 알바해야겠다.

매표소에서 표를 두 장 끊고 들어가는데 아버지에게 전화가 왔다. 진안으로 조문을 가는 바람에 아버지는 일박을 하고 온다고 했다. 아죽사 회원이 아닌 아버지의 사촌이 죽었다는 것이다. 시골에서 인삼 농사를 하는 아버지 사촌은 언젠가 서울에 왔다가 우리 집에서 하룻밤을 묵고 갔지만 얼굴이 기억나진 않았다.

전화를 끊고 팝콘을 사서 같이 영화관 안으로 들어갔다. 안에서도 고소한 팝콘 냄새가 났다. 이곳에 올 때마다 가장 먼저 맡는 냄새였다. 팝콘 냄새가 나야 영화관에 온 것 같았다. 팝콘을 하나 집어 먹고 좌석을 찾아갔다. A열 13번과 14번이었다.

띄엄띄엄 떨어져 앉은 사람들이 팝콘을 먹으며 영화가 상영되기를 기다리고 있었다. 얼마 안 있어 영화 상영을 알리는 자막이 뜨면서 천장 조명이 꺼졌다. 팝콘을 깨물어 먹는 소리가 그치고 화면으로 비가 쏟아져 두 발을 들어 올렸다. 비는 수시로 내렸고 그때마다 내 발은 비에 젖었다.

한 예술가의 생애를 다룬 영화는 지루했다. 마리도 지루한지 주기적으로 하품을 하면서 팝콘을 입에 넣었다. 소리가 날까 봐 나는 팝콘을 씹지 않고 녹을 때까지 기다렸다가 삼켰다. 두 시간 가까이 상영된 영화가 끝났을 때 천장 조명이 켜졌다. 사람들이 다 빠져나간 후에 영화관을 나왔다. 나는 아버지가 없는 집으로 마리를 데리고 갔다.

장례식장을 지나 골목으로 올라가자 마리는 아직도 서울 한가운데에 이렇게 오래된 한옥이 있냐며 놀라워했다. 예전에는 이 골목에 한옥이 10여 채 있었지만 이제 우리 집을 비롯해 서너 채밖에 남지 않았다. 마리는 대문을 열고 들어가자마자 마당에 있는 벚나무를 보고는 그 아래로 갔다.

　　마리는 벚나무 아래서 지우개를 주워 의자에 올려놓았다. 의자 밑에는 볼펜과 도장도 떨어져 있었다. 손톱깎이도 있고 딱풀도 보였다. 딱풀 뚜껑 안에 지렁이가 볼펜 용수철처럼 몸을 둘둘 만 채 들어앉아 있었다. 뚜껑을 뒤집어 지렁이를 털어내고 볼펜과 도장과 손톱깎이를 주워 의자에 올려놓았다. 테니스공은 어디로 갔는지 보이지 않았다.

　　―내가 하얀 뱀을 맞히려고 던진 거야. 원래 그놈 근거지가 이 나무거든.

　　마리는 고개를 뒤로 젖히고 나무 위를 쳐다보았다.

　　―손톱깎이에 제대로 맞았으면 죽었겠다.

　　―날렵하게 피하더라고.

　　―그래?

　　―난 누나가 죽을 때 이곳에서 하얀 뱀을 처음 봤어. 하얀 뱀은 이 나무에 살면서 내가 장례식장에 갈 때마다 따라와.

　　마리에게 창고에 세워둔 오토바이를 보여준 뒤 현관문을

열고 집 안으로 들어갔다.

—매일 여기 있는 오렌지를 들고 온 거야?

식탁 한가운데 놓인 오렌지를 가리키며 마리가 물었다. 나는 피식 웃고 고개를 끄덕였다.

—식탁에 오렌지가 있으니 집 안이 환해 보이네. 남자 둘만 살면 집이 휑할 줄 알았거든.

나는 아버지가 살림을 잘한다고 말하고선 냉장고에서 콜라를 꺼내 주었다. 콜라는 맥도날드에서 마시는 걸로 충분하다며 마리가 밀어냈다. 냉장고에 콜라를 집어넣고 우유를 꺼내 머그컵에 따라 주었다. 마리는 식탁에 기대 우유를 마시고는 누나의 방이 보고 싶다고 했다. 마리를 데리고 누나의 방으로 들어갔다.

내 방보다 조금 큰 누나의 방은 17년 전 그대로였다. 누나가 죽은 후 벽지조차 다시 바르지 않았다. 책상도 그때 산 것이었고 침대도 마찬가지였다. 책상 위의 교과서와 연필도 17년 전 그대로였다. 바뀐 게 있다면 냄새였다. 언제나 방 안에서 베이비 크림 같은 냄새가 났는데 누나가 죽고 나서 그 냄새는 사라졌다. 마리는 방 안을 둘러보며 왜 누나 방을 지금까지 놓아두었냐고 물었다.

—엄마와 아버지는 누나의 방을 바꾸는 걸 싫어해. 방이 있

는 것 자체만으로 누나의 존재를 느끼는 거지. 이사 가지 않는 것도 누나 때문이야. 누나는 잠시 외출 중이라고 생각해.

―외출 중이라고?

―그렇게 생각하면 고통이 덜할 테니까.

―그런다고 있던 고통이 사라질까. 확실히 죽음을 인정해야 고통도 사라지는 게 아닐까. 그런 의미에서 이 방을 정리해야 했어. 너를 위해서라도 말이야. 아니면 이사를 가든지.

누나의 방에서 나와 마리에게 엄마가 입던 옷을 꺼내 주었다. 마리는 내 방에 들어가 엄마의 면티와 바지를 입고 나왔다. 엄마보다 키가 커 마리의 발목이 훤히 드러났다. 마리가 욕실에서 세안을 하는 사이 장롱에서 이불을 꺼내 와 거실에 깔았다. 욕실에서 물소리가 났다. 아버지가 없는 집에서 엄마가 아닌 다른 사람의 소리를 듣는 건 처음이었다. 가만히 마리가 내는 소리를 듣고 있는데 마음이 편안해졌다. 그 소리는 아버지의 소리보다 잔잔했다. 마리는 욕실에서 나와 내 옆에 서더니 〈밤을 지새우는 사람들〉을 가리켰다.

―경주에 있으면서 맥도날드가 그리울 때면 휴대폰으로 검색해 저 그림을 봤어. 그림 속에 앉아 있는 우리 모습을 상상하면서.

―나도 저 그림을 보면 너와 같이 있는 것 같아. 언젠가 우

리도 저 그림 안으로 걸어 들어가자. 환한 불빛이 있는 저 안으로. 저 자리에 앉아 창밖 풍경을 구경하자. 저 너머엔 장례식장도 있고 화원도 있고 부동산도 있을 테니까. 서대문을 걸어 다니는 우리도 있고. 오토바이를 타고 광화문과 종로를 달리는 우리도 있을 테니까.

환한 달빛이 거실 안으로 비쳐들어 나는 통유리 창가로 다가가 잎사귀를 따 먹는 하얀 뱀을 바라보았다. 그때 달빛이 대각선으로 내려와 벚나무 가지에 발을 얹어놓았다. 하얀 뱀이 꼬리를 꿈틀거리며 달빛을 타고 올라갔다. 고무 대야에 가득 담긴 물처럼 달빛이 출렁였다. 하얀 뱀은 잠시 숨 고르기를 하고 다시 달빛을 타고 올라갔다.

이내 하얀 뱀은 우물 같은 달 속으로 머리통을 들이밀었다. 안에 고여 있던 물이 달 밖으로 흘러넘쳤다. 하얀 물줄기가 밤하늘을 가로지르며 벚나무 꼭대기로 떨어졌다. 꼬리까지 달 속으로 완전히 들어가자 사방은 고요해졌다. 물이 흘러내리는 게 멈추는가 싶더니 달이 옆으로 기울어졌다. 하얀 뱀이 달 밖으로 머리통을 내밀어 세차게 털었다. 물방울이 사방으로 튀면서 달이 출렁였다. 하얀 뱀은 달 속에서 빠져나와 가장자리를 타고 돌았다. 하얀 뱀이 돌아다닐 때마다 달이 기울어지면서 물이 떨어졌다.

―목조르기 게임하자.

마리가 말했다.

　―갑자기 무슨 소리야. 그딴 걸 왜 해?

　―해보고 싶어.

　―싫어. 안 해.

　―왜, 또 누군가를 죽일까 봐?

마리의 말에 나는 멈칫했다.

　―뭐야, 그때 내가 맥도날드에서 한 이야기를 들은 거야?
잔 게 아니었어?

　―응.

　―난 누나 죽고 나서 목조르기 게임한 적 없어.

　―목조르기 게임을 한다고 사람이 죽진 않아.

　―죽거든. 내가 그렇게 누나를 죽였다고.

　―그러니까 이참에 해보자. 죽나 안 죽나 실험을 하는 거지.

　―싫어.

　―해보자고.

　―싫다니까.

싫다고 했음에도 마리는 내가 누나와 목조르기 게임을 한
자리에 드러누웠다. 마리는 양팔을 옆으로 펼치고 자신의 배
위로 올라오라고 했다. 올라가지 않자 내 팔을 잡아당겼다.

─난 절대 죽지 않아. 못 믿겠으면 목을 졸라보라고.

입술을 깨물고 마리의 배 위로 올라갔지만 차마 목을 조를 수 없어 내려왔다. 마리가 다시 올라오라고 했다. 마지못해 배 위로 올라갔다. 내 체중에 힘들어할까 봐 엉덩이를 슬쩍 들고 마리의 목에 양손을 갖다 댔다. 우둘투둘한 목뼈가 만져져 부르르 손이 떨렸다. 손에 힘을 가하자 처음엔 고통스러운 표정이던 마리의 얼굴이 차츰 하얗게 미소를 지은 것처럼 변했다. 피가 뇌로 전달이 안 되면서 일시적으로 흥분을 느끼는 것 같았다. 조금만 더 하면 누나처럼 죽을 것 같아 얼른 손을 뗐다.

─더는 못 하겠어.

─난 안 죽는다니까.

마리가 내 손을 끌어다 목에 갖다 댔다. 마리의 손에 이끌려 다시 목을 졸랐다. 목을 조르는 손에 힘이 가해졌다. 희열을 느끼는지 마리의 안면에 미소가 번졌다. 순간 마리의 움직임이 느껴지지 않아 목에서 손을 뗐다. 마리의 얼굴 위로 누나의 얼굴이 겹쳐졌다. 마리, 마리, 괜찮아? 눈을 떠봐! 눈을 떠보라고! 이럴 줄 알고 내가 목조르기 게임은 안 한다고 했는데 이게 뭐야. 이게 또 뭐냐고. 몇 번을 불러도 눈을 안 떠 상체를 잡고 흔들었다. 그제야 마리가 눈을 떴다.

—괜찮아? 괜찮은 거야?

—당연하지.

—놀랐잖아.

마리는 두 손으로 자신의 목을 조르는 시늉을 하고 상체를 일으켰다. 목에는 내 손자국이 나 있었고 이마에는 식은땀이 맺혀 있었다. 마리는 손등으로 이마를 닦았다.

—난 안 죽었으니까 이제 너도 누나를 놓아줘. 언제까지고 누나의 죽음을 머리에 이고 살 순 없잖아.

—실은 엄마가 내가 누나를 죽인 게 아니라고 했어.

—진짜? 그럼 된 거 아냐?

나는 고개를 저었다. 엄마가 아버지와 짜고 거짓말한 게 뻔하다는 내 말에, 그럼 누나는 뭣 때문에 죽었냐고 마리가 물었다. 소아암이라는 병으로 죽었다고 하자 마리는 생각에 잠기더니 입을 열었다.

—그럼 누나가 치료받았다는 병원에 가보자.

—병원을?

—그래. 어딘지 알아?

—영천시장 앞에 있는 병원이라고 들었어.

—가자. 내일 당장 가서 누나가 진짜 소아암으로 죽었는지 알아보자.

―알려줄까?

　―가족관계증명서 떼 가면 돼.

　달은 아까보다 더 기울어져 있었다. 하얀 뱀은 가장자리를 따라 돌며 달을 파먹었다. 달빛이 점점 엷어지는 가운데 다시 하얀 뱀이 달 속으로 머리통을 들이밀었다. 달 밖으로 물이 쏟아지고 뱀의 꼬리만 꿈틀거렸다. 꼬리는 위로 올라갔다 아래로 내려갔다, 왼쪽으로 갔다 오른쪽으로 갔다 하면서 부표처럼 움직였다.

　누나와 목조르기 게임을 하면 언제나 내가 이겼다. 번번이 누나는 내가 목을 조르면 간지럽다며 눈을 떴지만 나는 누나가 목을 졸라도 꿈쩍하지 않았다. 눈을 감은 채 마당에 떨어지는 벚꽃을 생각하면 간지럼이 느껴지지 않았다. 손이 목을 조르는 느낌만이 오롯이 전해졌고 머릿속에서는 하염없이 벚꽃이 떨어졌다. 벚꽃은 우리 집 마당에도 떨어졌고 장례식장 앞에도 떨어졌다. 떨어지는 벚꽃을 잡으려고 손을 뻗는 순간이면 누나는 언제나 정신 차리라며 내 뺨을 때렸다. 게임에서 지는 사람이 승자가 원하는 걸 들어주는 게 룰이었다. 내가 이기면 누나가 나를 오빠라고 부르고, 누나가 이기면 내가 광화문까지 내려가 햄버거를 사다 주기로 했다. 나는 번번이 게임에서 이겨 오빠가 되곤 했지만 최후의 승자는 누나였다.

누나는 죽어버렸으니까.

　아침에 우리는 맥도날드에서 햄버거를 먹고 영천시장으로 걸어갔다. 어제와 달리 하늘에는 먹구름이 끼어 있었다. 서대문역을 지나 10여 분을 가자 영천시장이 나왔다. 왼편으로 할머니가 운영했던 서점이 보였다. 아버지 말대로 그 자리에는 카페가 들어서 있었다. 바리스타가 커피콩을 볶는 냄새가 밖에까지 났다.

　시장 입구에 있는 병원 앞에서 나는 들어가지 못하고 걸음을 멈췄다. 이제껏 믿어온 진실이 정말로 진실일까 봐 두려웠다. 내가 아는 진실을 지금처럼 어렴풋이 진실이라 믿으며 살아가는 게 차라리 나을지도 몰랐다. 괜히 온 것은 아닐까 후회가 됐다. 내가 누나를 죽인 것이라면. 내가 누나를 죽인 것이 아니라면. 나는 내 손을 바라보았다. 내 손은 떨고 있었다. 그런 내 마음을 아는지 모르는지 마리가 내 손을 잡았다.

　문을 밀고 마리와 안으로 들어갔다. 병원은 서너 명의 대기 환자가 있을 뿐 대체로 한산했다. 데스크 맞은편에는 벽걸이 텔레비전이 걸려 있었고 그 아래에 벤자민이 놓여 있었다. 벤자민 화분에는 누군가 먹고 버린 종이컵이 구겨져 있었다. 실내를 돌아다니던 한 아이가 리모컨을 집어 텔레비전 채널을 돌렸다. 올해는 기상이변으로 태풍이 자주 발생하겠다는 뉴스가 나왔다.

나는 마리와 데스크로 가서 간호사에게 누나 이름을 대고 17여 년 전에 무슨 병으로 죽었는지 알고 싶다고 했다. 간호사는 개인정보라 알려줄 수 없다며 거절했다. 주민등록증과 가족관계증명서를 내밀고 죽은 누나의 동생이라고 말하자 간호사는 잠시만 기다려달라 하고는 진료실로 들어갔다. 잠시 후 간호사가 나를 불렀다. 마리를 남겨둔 채 혼자 진료실로 들어갔다. 머리카락이 하얀 의사가 내게 의자를 가리키며 앉으라고 했다. 의사는 색이 바랜 진료 차트를 꺼내 보며 내 이름을 물었다. 이름을 대자 누나의 죽음을 뒤늦게 알고 싶은 이유가 있냐고 물었다.

—제가 누나를 죽였어요.

의사는 볼펜을 움켜잡고는 간호사에게 밖에 나가 있으라고 한 뒤 그게 무슨 말이냐고 했다.

—어릴 적 목조르기 게임을 하며 제가 누나의 목을 졸랐어요. 분명 누나는 저와 목조르기 게임을 하다 죽었는데 부모님은 그게 아니라 소아암으로 죽었다는 거예요. 이제껏 제가 누나를 목 졸라 죽인 줄 알고 살았거든요.

의사 뒤편으로 창밖 정원이 보였다. 진료실 뒤쪽이 의사가 거주하는 집인 모양이었다. 푸른 잔디가 깔린 정원에서 한 아이가 자전거를 타며 놀고 있었다. 군데군데 운동기구가 보였고 벽 쪽에는 배롱나무가 있었는데 그 나무 양쪽에 파란색 해먹이 걸려 있었다. 해먹에 올려진 배구공이 바람에 흔들렸다. 의사가 내 말을 믿지 않는 것 같아 누나가 죽은 뒤 하얀 뱀을 봤다는 이야기를 했다.

─하얀 뱀이 누나의 몸속에서 영혼을 꺼내 하늘로 올라갔어요.

─지금도 하얀 뱀이 보이나요?

─보여요.

의사는 창밖으로 시선을 돌려 아이가 자전거 타는 모습을 바라보았다. 아이는 자전거에서 내려 해먹 쪽으로 걸어갔다. 아이가 손을 들어 배구공을 내리려 했지만 닿지 않자 폴짝 뛰었다. 배구공이 위로 떴다가 다시 해먹에 떨어졌다.

─차트 기록을 보니까 누나는 이 병원에서 치료를 받다 사망했네요. 부모님 말씀이 맞아요. 누나는 소아암으로 죽었어요.

─거짓말 아니죠?

나는 의자에서 벌떡 일어났다. 창문 밖에 선 아이가 나를 쳐다본 뒤 막대기를 들어 해먹을 쳤다. 해먹이 흔들리면서 배구공이 떨어졌다. 아이는 잔디 위를 굴러가는 배구공을 잡아 힘껏 던졌다. 날아온 배구공이 창문을 때리고 튕겨났다. 의사는 아이에게 손을 흔들어주고 의자를 끌어당겨 앉았다.

　―그러고 보니까 그 아이가 생각나는군요. 누나 담당한 의사가 친구였는데 그 친구가 가끔 누나 이야기를 했죠. 누나는 급성이라 손을 쓸 수 없었다고……. 동생분의 잘못이 아니니 이제 누나에 대한 죄책감은 떨쳐버려요.

　나는 의사에게 깊숙이 고개를 숙여 인사하고 진료실을 나왔다. 데스크 앞에서 기다리던 마리가 어떻게 됐냐고 물었다.

　―누나는 소아암으로 죽었어! 소아암으로 죽었다고!

　―잘됐다. 정말 잘됐다.

　간호사가 나와 마리를 쳐다보았다. 마리는 어깨를 으쓱하며 웃었다.

　―남들이 보면 누나가 죽어 좋다고 하는 줄 알겠네.

　나는 간호사에게 도움을 줘서 고맙다고 말한 뒤 병원을 나왔다. 마리는 가볼 곳이 있다며 내 손을 잡아끌었다. 어디 가냐고 물어도 대답을 하지 않았다. 버스에서 내린 사람들이 전철을 타기 위해 서대문역 지하로 들어갔다. 서대문역을 지나 마리는 장례식장으로 나를 이끌고 갔다. 구석진 곳에서 조문객들이 하나둘 모여 담배를 피우고 있었다. 빈소로 들어가지 않고 마리는 나를 데리고 벚나무 아래로 갔다. 그러고는 손가락으로 벚나무 꼭대기를 가리켰다.

　―보여? 안 보여?

　―뭐가?

　―하얀 뱀.

　―안 보여.

　―진짜?

　―응.

벚나무 꼭대기를 샅샅이 훑어도 하얀 뱀은 보이지 않았다. 하지만 금방이라도 하얀 뱀이 고개를 내밀 것 같아 벤치에 앉은 채 벚나무를 주시했다. 파사삭거리는 소리가 날 때마다 나는 하얀 뱀인가 하고 나뭇가지를 옆으로 젖혔다. 하얀 뱀이 머물던 곳에 고양이가 자리를 틀고 앉아 잎사귀를 할퀴고 있었다. 마리가 그만 가자며 손을 잡아끌었지만 나는 그곳을 떠나지 못했다.

8

　다시 장례식장 아르바이트를 시작했지만 일거리는 많지 않았다. 일거리가 없는 날에도 매일 밤 맥도날드에서 마리를 만나 오토바이를 타고 시내를 돌아다녔다. 서대문에서 점점 거리를 넓혀 미아리와 수유리까지 갔다. 연신내와 은평구 쪽으로 가기도 했다. 한번은 한강을 건너 밤의 여의도에서 텅 빈 거리를 돌아다니며 시간을 보냈다. 영등포 일대를 구경하고 신도림과 구로를 돌아다닌 적도 있었다.

　팀장은 더욱 적극적으로 아버지에게 다가갔다. 장례식장 일이 없는 날에는 집에 들러 아버지와 밥을 해서 먹었다. 팀장이 왔다 갈 때마다 냉장고에는 플라스틱 반찬통이 하나씩 늘었다. 반찬통에는 갓 담근 김치라든지 깻잎, 가지볶음 같은 것들이 들어 있었다. 두 사람 사이에는 전과 다른 기류가 흘렀다. 지진이 난 날 엄마와 팀장이 다녀간 후 아버지의 심경에 변화가 생겼다. 팀장과 사귀어야 엄마가 더 이상 집에 오지 않을 거라는 확신이 든 것이다. 엄마가 이혼하지 않고 고호 아빠와 행복하게 살기를 바라는 마음 때문이었다. 아버지는 엄마에게 기댔던 어깨를 천천히 떼어 팀장에게로 옮기는 중이었다.

아버지는 또 하나의 계획을 세웠다. 가족이 없는 사람들을 위해 장례 후원금으로 아죽사 회원들과 함께 매달 3만 원씩을 적립했다. 히로시의 방에는 독일 유학생이 들어왔다. 연세어학당에 다니는 학생으로 황금부동산 사장이 소개해주었다.

—자, 최고급 자판기 밀크커피.

나는 자판기에서 뽑은 커피를 마리에게 주었다. 고마워, 천조상조 님. 나는 피식 웃고 마리와 계단에 서서 커피를 마셨다.

—장례식장에서 마시는 커피 맛하고 똑같아.

마리가 말했다.

—우린 장례식장 커피에 길들여졌나 봐. 달달한 이 맛에.

—장례식장 커피는 써야 하는데.

—죽음이 너무 써서 커피는 달달한지도 모르지.

상복처럼 검은 바지와 재킷을 입은 마리는 조금 더 성숙해 보였다. 마리는 양복이 내게 어울린다고 했다. 하지만 나는 양복이 불편했다. 어깨를 꽉 조였고 텐션감이 떨어져서 움직일 때 조심스러웠다. 어쩌면 정규직이 된다는 것은 불편한 옷을 입고 일을 하는 건지도 몰랐다. 나는 종이컵에 든 커피를 마저 마셨다.

—둘 다 붙었으면 좋겠다.

나와 마리는 상조회사 직원 모집 공고에 원서를 넣고 오늘 면접을 본 것이었다.

—둘 다 붙을 거야. 왜냐면 해머링 맨 앞에서 소원을 빌었으니까.

커피를 다 마시고 같이 계단을 내려가 오토바이를 세워둔 주차장으로 갔다. 주차장으로 가는 길목에는 꽃이 심어진 화분들이 길게 늘어서 있었다. 아까 나와 같이 면접을 본 남자가 주차해둔 차에 올라탔다. 손을 들어 인사를 하려다 갓 뽑은 듯한 신형 외제차를 보고 멈칫했다. 외제차가 지나가는 사이 앞쪽에서 걸어오던 남자와 눈이 마주쳤다. 단번에 나는 그 남자를 알아보았다. 그사이 머리카락이 희끗희끗하게 변해 있었지만 훤칠한 체격이며 얼굴은 크게 달라지지 않았다. 안녕하세요, 하고 인사를 했다.

남자는 어디서 본 것 같은데, 하며 고개를 갸웃거렸다. 나는 어릴 적 누나와 홍난파의 집에 가서 놀았던 이야기를 했다. 그제야 나를 알아본 남자는 일 때문에 네덜란드에 살다 최근에 귀국했다면서 명함을 주었다. 남자는 미술관에 근무한다며 이곳엔 어쩐 일이냐고 물었다. 상조회사에 면접을 봤다고 했다. 남자는 건투를 빌어주고는 미술관에 놀러 오라고 한 뒤 주차해둔 차를 탔다.

—누구야?

마리가 물었다.

—어릴 적 홍난파의 집에 갔을 때 본 사람이야. 누나랑 자주 그 집에 놀러 갔거든.

—사람이 참 멋지게 늙었네. 나도 저렇게 늙고 싶다. 우리 아버지처럼 늙고 싶진 않아.

그 말을 하고 마리는 쓸쓸하게 웃었다. 나는 한 손을 높이 쳐들고 마리와 하이파이브를 했다.

—이 회사에 합격하면 열심히 일하자. 로레인 마우러 할머니처럼.

—좋아. 로레인 마우러 할머니처럼.

마리도 오른손을 번쩍 들어 올렸다.

—44년간 맥도날드 매장에서 일한 마우러 할머니처럼 우

리도 장례식장에서 44년간 일하는 거지. 마우러 할머니의 인생이 맥도날드 인생인 것처럼 우리는 장례식장 인생을 만들어가는 거야.

내 말이 끝나기도 전에 마리가 심각한 표정을 지었다. 나는 왜 그러냐고 물었다.

—이 회사에 합격하면 오토바이 탈 시간이 없잖아.

나는 피식 웃었다.

—우리에겐 밤이 있잖아.

—아, 맞아. 우리의 밤이 있지. 우리가 이제껏 만들어온 그 푸른 밤이…….

우리의 밤은 죽은 자들이 있는 장례식장에서 시작되었다. 벚꽃이 흐드러지게 핀 장례식장에서 보았던 창밖 풍경. 상주들의 울음소리와 시끄럽게 떠들며 술을 마시던 조문객들. 그 사이로 피어오르던 육개장 냄새와 국화 냄새와 밤새도록 꺼지지 않고 타오르던 향 냄새. 그런 냄새 속에 우리의 밤이 있었다. 그리고 일이 끝나 장례식장을 나서면 진짜 우리의 밤이 시작되었다. 맥도날드를 찾아 서대문에서부터 광화문과 종로 일대까지 걸었고 그것도 성에 차지 않아 오토바이를 타고 돌아다녔다. 상조회사에 입사지원서를 넣음으로써 한 시절이 흘러간 듯한 기분이 들었지만 우리의 밤은 다시 시작될 것이었다.

　—이 회사에 입사하면 일을 마친 뒤엔 오토바이를 타고 돌아다니는 거야. 이젠 서울을 빠져나가는 거야. 더 먼 곳으로.

　—더 먼 곳?

　—그래. 내가 지금 더 먼 곳으로 데려다줄게.

　—어디로?

　—동인천으로.

　나는 마리에게 헬멧을 주고 오토바이에 태웠다. 시동을 걸자 오토바이 몸체가 바르르 떨리다가 가볍게 앞으로 나아갔다. 차들이 많아 오토바이는 가다 서다를 반복했다. 가로수들이 바람에 흔들리는 걸 보니 태풍이 다가오는 모양이었다. 사실 그동안 다른 아르바이트는 마음이 편치 않았지만 장례식장 일을 하면서는 마음이 편했다. 다른 사람을 보내주는 일을 하면서 나 역시 위로를 받은 것이다. 어쩌면 내가 이 일을 그만두지 않고 오래 한 이유일지도 몰랐다.

　—이제 본격적인 여름이 오나 봐……. 난 여름이 싫은데.

　마리가 말했다.

　—왜?

　—장례식장은 여름에 일이 없으니까. 1년 중 장례식장이 가장 한가할 때가 여름이니까. 그리고 우리 자주 못 보잖아.

—자주 못 보고 일이 없어도 난 사람들이 죽지 않는 여름
이 좋아.

　—나는 사람들이 여름에 죽었으면 좋겠어. 일도 많아지고
벚꽃이 피는 봄밤보다 덜 슬플 테니까.

　바람은 점점 거세졌다. 가로수의 나뭇가지들이 건물 벽을
때릴 듯 휘청거렸다. 거리를 걸어가는 사람들이 바람을 피해
건물 안으로 들어갔다. 더러는 막 떨어지기 시작한 비를 피해
가로수 밑으로 들어가기도 했다.

　아버지가 부르던 노래를 흥얼거리며 속도를 내는데 후두
두둑 비가 쏟아졌다. 마리의 젖은 머리카락이 내 뺨을 때렸
다. 그때 하얀 꽃잎이 바람을 타고 날아왔다. 더러는 빗방울
에 젖어 아스팔트 위로 떨어졌고 더러는 바람을 타고 날아다
녔다. 나는 고개를 돌려 꽃잎이 날아오는 곳을 바라보았다.
꽃잎들 사이로 하얀 뱀이 보였다. 순간 나도 모르게 장례식장
으로 방향을 틀었다.

작가의 말

　어릴 적 시골집 마루에 누워 처마 밑으로 들어오는 햇빛을 쬐곤 했다. 마당 한쪽에 어머니가 심어놓은 봄꽃이 필 무렵이었다. 동생은 어디로 갔는지 보이지 않고 나 혼자 집을 지키고 있었다. 뒤뜰에 동생이 있나 싶어 고개를 돌렸지만 그곳에는 까마귀가 장독 뚜껑에 앉아 햇빛을 쪼아 먹고 있었다. 까마귀가 햇빛을 쪼아 먹을수록 뒤뜰은 나무 그림자가 진 것처럼 어두워졌다.

　조금 후 장독 뚜껑에는 햇빛이 한 조각밖에 남지 않았다. 그것만은 못 가져가게 콩을 집어 던졌다. 까마귀는 아랑곳하지 않고 한 조각 남은 햇빛을 물고 산 너머로 날아갔다.

　나는 까마귀가 날아간 산 너머를 오래도록 바라보았다. 산 끝에 걸린 해가 두 손을 뻗어 자신의 몸에서 뿌리처럼 나온 햇빛을 한 움큼씩 잡아당기고 있었다. 이 망할 놈의 햇빛. 가만두지 않겠어. 줄다리기하듯 햇빛을 움켜잡았지만 해는 나를 밀어내고 산 너머로 사라졌다. 죽음이란 뭘까. 돌아가신 고모도 산 너머로 갔을까.

어릴 적부터 죽음이란 내게 이런 것이었다. 저 산 너머에 있는 것.

그러던 와중에 2년 전 후배가 죽었다. 같이 일을 하고 같이 점심을 먹고 같이 퇴근하는 후배가 하루아침에 죽은 것이다. 장례를 마칠 때까지 나는 그의 죽음을 실감하지 못했다. 죽기 전날에도 같이 밥을 먹었으니까. 아이러니한 상황에 슬픔조차 느낄 수 없었다. 꿈을 꾸고 있는 거라고 생각했다.

장례식 후 어두운 나날을 보냈다. 그가 죽었다는 걸 인정하고 싶지 않아 누군가 그에 대해 물으면 여행 중이라고 했다. 말하고 나면 그가 정말 죽은 것만 같아서. 죽지 않았다고 생각해야 그가 죽지 않은 것 같아서. 그의 부재를 확인하고 싶지 않아 같이 간 식당이나 카페를 피해 다녔다. 그럼에도 불구하고 걸으면서 순간순간 옆을 바라보았다. 그가 내 옆에서 걸어가는 것만 같아서.

그 후 그는 꿈에서 나를 찾아와 초인종을 눌렀다. 선배님 밥 먹으러 가죠. 선배님 고기 먹으러 가죠. 내달엔 휴가 몰아내서 규슈에 다시 놀러 가요. 노천 온천에서 쌓인 피로 좀 풀자고요. 그때가 좋았는데. 세상 근심 걱정 모두 잊고 보낸 그 시간이 좋았는데. 다시 그런 날은 오지 않겠죠? 그는 환하게 웃으면서 이야기했다. 한번은 그가 꿈에서 살아났다. 너무 기뻐 그를 얼싸안았다. 그는 죽었다가 운 좋게 살아났다고 했다. 그가 살아나서 웃었으나 꿈에서 깨어났을 때 그의 부재를 두 배로 느껴야 했다.

요즘 들어 그의 빈자리가 너무 허전하게 느껴진다. 정말이지 그가 살아 있었다면 어땠을까. 그런 생각에 빠져 오후를 보낼 무렵 세계문학상 당선 소식을 받았다.

이 소설에 나오는 서대문 일대는 그와 점심 먹고 늘 산책하던 코스다. 어느 땐 둘이, 어느 땐 민서 씨와 셋이, 어느 땐 지완 씨와 승훈 씨와 같이. 커피를 마시고 나면 우리는 정동 일대를 돌거나 광화문 교보문고에 나가 신간을 뒤적이며 점심시간을 보냈다. 어느 날은 좀 더 멀리 종로까지 나가 냉면을 먹었고, 덕수궁 안에 들어가 왕처럼 궁을 거닐었다.

그리고 어느 퇴근길에는 해머링 맨 앞에 앉아 우리가 하는 일에 대해 울분을 토했다. 그래도 결론은 늘 행복하게 살자로 귀결됐다. 한데 그는 죽었다. 그것도 홀로. 그의 죽음으로 우리들의 서대문 시절은 막을 내렸다.

아직도 나는 죽음이 무엇인지 모르겠다. 그래서 어느 날 신부님에게 죽음이 뭐냐고 물었던 적이 있다. 신부님은 죽음이란 잠시 헤어지는 거라고 했다. 그 순간 죽음이 조금 가벼워졌다. 죽음이란 잠시 헤어지는 것이기에.

하지만 그의 부재를 느낄 때마다 도무지 허전함을 감출 수 없다. 그럴 때면 홀로 죽어간 그가 외롭지 않도록 그의 이름을 불러준다. 그가 이 세상에서 잊히지 않도록.

끝으로 심사위원분들께 감사의 마음을 전하고 싶다. 그분들이 있었기에 이 소설이 환한 세상으로 나올 수 있었다. 그리고 어머니와 따스한 봄날을 보낸 매형과 누나에게 깊은 고마움을 전한다.

어머니가 가장 사랑한 2022년 봄에
고요한

추천의 말

　고요한의 장편 『우리의 밤이 시작되는 곳』을 읽으면서 나는, 우리 현대소설의 새 영토를 개척한 박태원의 중편 「소설가 구보씨의 일일」(1934)이 부활했음을 직감했다. 1930년대 경성의 거리를 때로는 경쾌하게 때로는 우울하게 산책하는 고독한 소설가 구보를 선택한 박태원과 달리, 고요한은 첨단의 대도시 서울에서 장례식장 알바로 고단한 두 젊은이의 밤 산보에 집중한다. 때로는 도보 때로는 오토바이의 굉음 속에 열리는 강북의 밤 풍경은 가난하지만 따뜻한 인문지리로 반짝이는데, 청계천에서 튀어 올라 인왕산으로 날아가는 물고기의 환상이 상징하듯, 소수자들 사이의 위로에 기초한 연대가 은은하게 생동한다. 자칫 희망이 무서워지는 우리들의 시대에 가볍지 않은 연애소설을 쏘아올린 작가의 능력이 새삼 돋보이매, 21세기 구보의 탄생을 감축한다. _**최원식**(문학평론가)

이 소설은 장례식장에서 아르바이트를 하는 젊은 남녀가 오토바이로 밤의 거리를 돌아다니며 농담을 주고받는 청춘물처럼 보인다. 그러나 죽음을 수용하고 작별을 받아들이는 방식에 대한 모색과 치유의 기록이라고 할 수 있다. 죽음은 살아남은 사람들에게 죄의식과 상처를 남기며 쉽게 작별을 받아들이지 못하고 또 다른 이별을 파생시키거나 방황하게 만들지만 『우리의 밤이 시작되는 곳』 앞에 이르면 우리는 봄밤에 만개한 벚꽃의 풍경을 만날 수 있을 것이다. _**은희경**(소설가)

달빛이 견인하여 날아오르는 오토바이와 청계천의 물고기, 에드워드 호퍼의 그림 〈밤을 지새우는 사람들〉이 떠오르는 밤의 맥도날드. 서울의 밤이 환상처럼 꿈처럼 이렇게 아름다웠던가. 한 편의 영화를 보는 듯 영상 이미지가 윤슬처럼 빛나는 소설이다.

악인도 선인도 없지만, 개성적인 가족과 주변 인물들의 죽음이 스며든 일상을 깊고도 무겁지 않게 따스하게 그린 작가의 내공이 느껴진다. 죽음이 이토록 깊고 푸른 밤의 여행 같다면, 우리는 삶을 얼마든지 설레며 견딜 수 있다. 아름다운 애도와 성장의 서사가 청춘뿐 아니라 모든 세대에게 위안을 선물하리라 생각된다. _**권지예**(소설가)

장례식장 아르바이트를 하는 두 젊은이는 벚꽃 핀 밤의 장례식장을 나와 새벽 첫 전철이 올 때까지 불이 환히 밝혀진 맥도날드 매장들을 순례하며 밤의 광화문을 떠돈다. 길에 떨어진 하얀 면사포를 주워 머리에 쓰기도 하고, 덕수궁 정문에서 '이리 오너라' 외치고, 벤치에 앉아 있는 소설가의 동상을 끌어안는다. 그렇게 걷고 또 걷는 모습을 보여주기만 하는데, 소설은 삶과 죽음의 시간을 껴안고 우리 시대 젊은이들의 가슴 시린 초상에 이른다. 쓰이지 않고 말해지지 않는 침묵과 여백의 공간을 서사화하는 능력만으로도 이 소설은 충분히 상찬받을 만하다. _**정홍수**(문학평론가)

오렌지를 들고 장례식장 도우미 아르바이트를 가고 빨간 양복을 입은 채로 문상을 간다. 이처럼 죽음을 가뿐하게 다루는 방식이 이 소설이 가진 미덕이자 매력이라고 생각했다. 장례식장 아르바이트를 끝낸 '나'와 '마리'가 새벽 첫차를 기다리면서 산책하듯 광화문 일대를 뛰어다니는 발랄한 이미지

역시 이 연장선상에 있다고 여겼다. 소설은 처음부터 끝까지 경쾌함을 잃지 않고 그 리듬을 유지해 나간다. 그러나 마지막 문장이 끝나는 그 지점에서 소설은 지금까지와는 전혀 다른 모습으로 허를 찌른다. 발랄했던 그날의 모습은 밤이면 나타나 이곳저곳을 떠돌아다니는 유령의 모습과 다를 것이 없고, 24시간 영업을 하는 맥도날드의 불빛은 어둠 속에서 반짝이는 조등처럼 바뀐다. 하루아침에 바뀐 운명이 해머링 맨처럼 거대한 그림자로 우리를 짓누르고, 멈출 수 없는 망치질처럼 그 굴레에서 벗어나기 힘들다는 것으로 다시 읽힌다. 이전의 삶으로는 결코 되돌아갈 수 없는 유령 같은 삶이다. 그럼에도 고통스럽다고 말할 수 없다. 고통이 너무도 크고 깊지만 누군가에게 조금이라도 떠넘기고 싶지 않은 안간힘만 있을 뿐이다. 내가 덜 슬프기 위해서라기보다 누군가 덜 슬프기를 바라는 마음에 입는 빨간 양복. 큰 위로를 받았다. _**하성란**(소설가)

　　장례식장 아르바이트가 끝난 후 오토바이를 탄 채 새벽녘까지 광화문 일대를 돌아다니는 청년들이 있다. 그들이 잠깐 들르는 불 켜진 햄버거 가게엔 언젠가 나도 가본 적이 있다. 장례식장에 있는 죽은 자들보다 살아 있는 사람들이 더 유령처럼 보인다면 이상할까. 에드워드 호퍼의 그림 속 사람들, 밤을 지새우는 사람들처럼 말이다. 누구의 미래든 죽음이 아닌 경우가 있나. 『우리의 밤이 시작되는 곳』은 그 간명한 사실을 확인하는 소설이다. 수많은 임사체험 경험자들을 만나 인터 뷰하고 『사후생(On Life After Death)』을 쓴 죽음학자 엘리자베스 퀴블러 로스에 따르면 죽음은 끝이 아니라 새로운 시작이다. 『우리의 밤이 시작되는 곳』에 따르면 죽음은 긴 여행이다. 그 것이 무엇이라 말하든, 어디에 있든, 이 소설을 읽는 동안만큼 은 이 청년들로 인해 위로받게 된다. _**강영숙**(소설가)

주인공은 오토바이를 타고 밤의 도로를 달린다. 그의 라이 딩은 생생하고 쿨하다. 달리는 장면들을 상상하다 보면 밤의 도로들이 활주로로 변하는 것 같은 착각도 든다. 달리고 달리 다 어느 순간에는 날아오를 것 같아서다. 라이딩은 산책자처 럼 풍경을 온몸으로 느끼는 행위인 동시에 운전자처럼 빠른 속도로 풍경을 스치는 행위이기도 하다. 그래서 더 매력적이 다. 세상 속에 포함되어 있지만 그 세상은 우리를 빠르게 스 쳐 지나가기 때문이다. 이 세상에는 삶 속의 죽음과 죽음 속 의 삶을 이야기하는 '밤의 이야기'들이 아주 많다. 그러나 『우 리의 밤이 시작되는 곳』처럼 라이딩의 속도와 라이딩의 가벼 움으로 밤을 스케치하는 작품을 읽은 적은 없다. 밤을 달리며 생의 무거운 짐들을 휙휙 스쳐 지나가는 청춘은 처음 보는 아름다움이자 처음 느끼는 가벼움이다. _**박혜진**(문학평론가)

제18회 세계문학상 수상작

우리의 밤이 시작되는 곳

초판 1쇄 인쇄 2022년 5월 6일
초판 1쇄 발행 2022년 5월 13일

지은이 고요한
펴낸이 이수철
주 간 하지순
교 정 구경미
디자인 권석중
마케팅 안치환
관 리 전수연

펴낸곳 나무옆의자
출판등록 제396-2013-000037호
주소 (10449) 경기도 고양시 일산동구 호수로 358-39 동문타워1차 202호
전화 02) 790-6630 팩스 02) 718-5752
전자우편 namubench9@naver.com
페이스북 www.facebook.com/namubench9

ISBN 979-11-6157-131-7 03810